그 지붕의 새벽

그 지붕의 새벽

김규림

꿈꾸는날개

차례

1부　소원과 소원

　　1 ~ 10　　　　　　　9~132

2부　끝없는 하늘

하늘이동　　　　　　135

기억하늘　　　　　　149

빛깔손과 검은바다　　159

사람광장　　　　　　173

흰빛가랑비하늘　　　207

그 지붕의 새벽　　　229

에필로그　　　　　　239

1부 · 소원과 소원

별다를 것 없이 이어진 날들이었다.
그날, 잠들기 전까지는…….

1

 동수는 안방으로 들어가 머뭇머뭇 엄마 앞에 맨발을 내밀었다. 양발 엄지발가락 끝이 발갰다.
 "우우 운동화가 자 작아요……."
 쿠션에 기대앉아 TV 드라마에 빠졌던 엄마는 마지못해 등을 일으켰다.
 "어이그, 참을 게 따로 있지. 지금은 사러 나가기도 시간이 어중간하잖아!"
 "내 내일, 사사 사두……"
 "그럼 내일 하루만 아빠 운동화 신을래? 끈 좀 조이면 대충 맞을 텐데."
 자리에서 일어선 동수는 나가지 않고 그대로 서서 엄마 눈치를 살폈다.
 "어어 엄마……."
 "왜?"

"이이 이번엔 저 저도, 나나나, 나 나이키, 시시시 신상……"
마음먹은 말일수록 동수의 말더듬증은 유독 그 지점에서 걸려 넘어졌다.
"너 지금 나이키 신상이라고 했어? 민수는 영어학원에서 연달아 백점 받아 와서 사준 거지, 돈이 남아돌아서 사준 줄 알아? 형이 돼 갖고 동생한테 모범 하나 보이는 거 없으면서 운동화는 샘이 났니?"
엄마는 입에 머금은 물이라도 뱉듯 단숨에 퍼부었고, 동수는 고개를 푹 꺾고 듣다가 빠져나왔다.

동수가 제 방으로 들어가는데 때마침 현관문이 열렸다. 2박 3일 여행에서 돌아온 아빠였다.
"아빠다! 다녀오셨어요?"
거실에서 컴퓨터를 쓰던 민수가 혼자 떠들썩하게 반겼다. 아빠는 빙긋이 웃어주고 안방으로 들어갔다.
"저녁은 먹었고?"
심드렁히 묻는 엄마를 향해 아빠는 고개만 끄덕이고 배낭부터 끌렀다.
"빨랫감은 내가 꺼낼 테니까 목욕부터 하지 그래? 수염이며 머리며 말씀이 아니네."

엄마가 뭐라든 아빠는 옷으로 둘둘 감싼 뭉치 하나를 배낭에서 꺼냈다. 따라 들어온 민수가 폴짝 다가앉으며 익살을 떨었다.

"아빠, 그게 뭐예용?"

"좋은 거……."

아빠가 싱겁게 받아넘기며 옷 틈에서 꺼낸 물건은 모서리가 반질반질 닳은 카메라였다.

"어머나, 이건 또 뭐야? 여행 간다더니 벼룩시장 뒤지고 다녔던 거야?"

엄마가 득달같이 쏘아붙이면서 방에는 냉기가 돌았다.

"민박집 주인이 거저 준 거야."

"그걸 지금 나더러 믿으라고?"

대답이 단박에 잘리자 아빠는 입을 다물어버렸다.

"내가 이런 말 안 하게 생겼어? 여행 간답시고 툭하면 며칠씩 사진관 문이나 닫질 않나, 다 썩은 카메라 모은다고 벼룩시장이나 헤매고 다니질 않나. 사진관 일은 간섭 말라는 통에 내가 신경을 꺼서 그렇지, 손님 놓친 게 어디 한두 번이겠어? 대체 여행 가면서 핸드폰은 왜 안 갖고 가는데? 손님 전화라도 받아야 되는 거 아니야? 집도 없고 애들은 자라는데 무슨 여유냐고!"

"그만 좀 하자!"

셔터를 눌러 보고 렌즈를 형광등에 비춰 보며 카메라를 점검하던 아빠가 불뚝 한마디 던졌고, 엄마는 대번에 쓴웃음을 흘렸다.

"내가 하면 뭘 얼마나 했다고? 하기야 늘 이런 식이지. 얘기든 싸움이든 우리가 끝까지 간 적이나 있었어? 난 내가 더 싫어. 당연히 여기고 사는 내가 더 한심해!"

엄마의 자조 섞인 항의가 그래도 걸렸는지 아빠는 카메라를 내려놓았다.

"나도 이제 전에 비해 뜸하잖아. 이번 여행도 일 년 만에 갔고. 이건 민박집 주인이 내가 사진관 한다니까 조건도 없이 넘긴 거야. 이런 일은 나도 처음이야. 민박집이랑 전화라도 연결해주면 믿을래?"

원래 말수가 없어 수틀리면 아예 벙어리가 되는 아빠였다. 그긴 해명은 집안 기록에 남을 일이었다. 엄마는 곧장 누그러들었다. 혼자만 울화를 터뜨리다 말았을 엄마로서는 뜻밖의 백기까지 건네받은 셈이었다. 버틸 이유가 없었다.

엄마는 카메라와 아빠를 괜스레 번갈아 흘기다가 배낭에서 나온 빨랫감을 끌어모았다. 숨죽이고 엄마 아빠를 살폈던 민수는 엄마가 놓친 양말 한 짝을 냉큼 집어서 내밀었다.
"아이고, 우리 작은아들밖에 없지!"
엄마는 멋쩍은 분위기를 그 김에 마무리하고 욕실로 가서 아빠 옷가지를 세탁기에 던져 넣었다. 전원 버튼을 두들겨 맞은 세탁기는 그쯤의 매타작에는 이골이 난 듯 지체 없이 물줄기를 쏟아부었다. 콸콸 떨어지는 물살은 속을 다 씻어 내리는 소낙비 같아서 오늘도 엄마는 옷 더미가 잠기도록 그 앞에 머물렀다.

동수는 책상 앞에 앉아 안방의 큰소리를 남의 집 소음쯤으로 흘려들었다. 어차피 좀 이어지다 뚝 끊어질 실랑이였다. 그런 식으로 완결되지 못한 부부싸움의 뒤끝은 아빠를 대신해 자신이 감당한다고 느낀 지 오래다. '내가 미쳤었지. 신상 얘기는 왜 꺼냈나 모르겠네. 그딴 거 신으나 안 신으나 내 인생 달라질 게 뭐 있다고…….' 엄마와 부딪칠 일은 최대한 만들지 않는다는 원칙을 잠시 접고 내비쳤던 운동화 발언이 동수는 돌이킬수록 뼈아팠다. 두고두고 면박 당할 빌미 하나를 알아서 갖다 바친 꼴이었다. 어서 잊는 게 상책이어서 동수는 책상 서랍에서 큐브를 꺼냈다. 욕실에서는 십 년을 훌쩍 넘긴 통돌이세탁기의 작동음이 요란했다. 큐브를 질색하는 엄마 귀를 따돌리기에 늘 제격인 도우미다. 동수는 탁상시계 초침을 확인하며 맞추기로 들어갔다. 관심을 끊었던 스피드 단축에 요즘 들어 다시 열을 올리던 참이었다. 뜨르륵드륵뜨륵……. 벼락같은 회전력으로 맞추기를 끝낸 동수는 마뜩잖은 투로 중얼거렸다. "10초!"

동수가 큐브를 만지게 된 계기는 사촌형이었다. 초등학교 4학년 때 아빠를 따라 큰집 명절 모임에 간 날이었다. 캐나다 이민을 앞둔 큰집 고3 형이 친척 동생 몇에게 손때 묻은 물건들을 물려주면서 동수에게는 루빅스큐브 세 개를 주었다. 백반증에 말더듬증까지 있어 사촌들과 어울리지 못하고 구석만 찾는 동수에게 잘 맞는 놀잇감이라 여겼을 법했다. 그날 사촌형이 현란한 손놀림으로 보여준 맞추기 시범은 동수 눈에는 환상의 마술이었다. 학년 하나가 바뀌도록 서랍 속에만 두었다가 뒤늦게 연습을 시작한 이유도 사촌형처럼 하리라는 기대가 들지 않아서였다.

큐브는 우연히 완성되는 경우가 없었다. 공식과 해법을 통해서만 가능한 필연적 완성이 동수는 시간이 쌓일수록 환희로웠다. 큐브가 조합되는 경우의 수를 두고 사촌형이 눈을 마주치며 건넨 말은 그 뒤로도 늘 귓가에 생생했다. "동수야, 큐브 안에는 모든 별을 세고도 남을 숫자가 가득히 있어. 그 별들에 이르는 길도 무수히 있고. 그 숫자, 그 길들, 꼭 찾을 거지?" 뜻도 모르고 들었던 당시부터 동수는 그 말이 왠지 좋아 시구절처럼 새겨 왔다.

그런 경위로 큰집에서 얻어 온 큐브는 엄마에게는 돌부리였다. 마지막까지 아랫것 취급을 받은 듯한 뒤틀림. 큰엄마와 엄마는 은근히 앙숙이었다. 사는 형편도 차이가 심한데 의견도 때마다 달랐다. 명절 모임에서 돌아올 때마다 엄마는 분을 삭이시 못했다. 돈 한 푼 도움도 안 받는데 왜 부엌데기 취급이나 받으며, 시부모도 돌아가시고 없는 마당에 왜 동서 시집살이를 하느냐며 씩씩거렸다. 손아래여서 차마 대거리를 하지 못하더니 엄마는 결국 동수가 초등학교에 입학하던 해에 모임 불참을 선언했다. 아빠는 순순히 받아들이고 그해부터 동수만 데리고 다녔다.

큰집의 캐나다 이민이 후련했는지, 하나뿐인 남자 형제와 아주 멀어지는 아빠가 한편 안쓰러웠는지, 엄마는 동수가 사촌 형에게서 받아 온 큐브 세 개를 큰엄마 보듯 쏘아보다가 묵인했었다.

 동수가 또 한 번 맞추기를 완성하고 초침을 보는데 아빠가 들어왔다. 배낭에서 나온 카메라를 들고 들어온 아빠는 동수 책상 옆에 있는 진열장 앞에 서서 칸칸이 놓인 카메라들을 훑어보았다. 이어서 아빠가 부직포로 진열장 안팎의 먼지를 닦는 동안에도 동수는 큐브만 돌렸다. 아빠 역시 동수에게 말 한마디 걸지 않았다. 거북함도 살가움도 없이 둘 다 무덤덤하기 짝이 없었다. 구석구석 꼼꼼히 닦은 아빠는 진열장의 새 식구가 된 카메라를 맨 위 칸에 앉혀 놓고 작품이라도 감상하듯이 보다가 그대로 나갔다.
 동수네가 십삼 년째 전세로 거주하는 다가구주택은 주방, 거실, 안방, 건넌방, 욕실, 보일러실이 기역자형으로 배치된 구조였다. 건넌방은 비좁아 처음부터 동수 몫으로 돌아갔고, 다른 공간에 비해 운동장 같은 안방에서 아빠와 엄마와 민수가 지냈다. 방이 두 개뿐이기도 했지만 전체 구조가 애매해 살림살이도 알맞게 배치하기 어려웠다. 잡다한 가구들이 안방과 거실에 나뉘어 들어차다 보니 아빠의 카메라 진열장은 동수 방에 놓이게 되었다. 진열장을 사진관으로 옮기라는 엄마 성화에도 아빠는 꿈쩍하지 않았다. 사진관 개업 초기에 좀도둑이 들었던 사건이 이유였다.

세탁기가 잠잠해지면서 동수는 큐브를 넣어 두고 잠자리에 들었다.

동수가 잠든 지 두어 시간이 지났을 때였다. 방 안 가득 낯선 기류가 맴돌았다. 가을바람이 이따금 창문을 흔들었지만 창틈으로 새어 든 바람은 아니었다. 서늘하고 축축한…… 숨 같은 기류였다.

동수가 잠결에 자꾸 뒤척였다.

"학생! 내 말 들려? 학생! 들리면 대답 좀 해줄래? 학생!"

어떤 목소리가 같은 말을 목청껏 반복했다.

"학생! 들리면 대답 좀 해줄래? 안 들려? 학생!"

"누…구…세…"

"들린다! 들렸어! 학생도 내 말이 들린 거지? 정말 들은 거지? 맞어? 맞지?"

정체 모를 그 목소리는 동수가 말을 끝내기도 전에 혼자 흥분해서 마구잡이로 소리쳤다. 놀라 잠에서 깬 동수는 방을 휘둘러보았다. 책상도 의자도 진열장도 모두 어둠 속에서 여전했다. 동수는 악몽이었다 여기고 다시 잠들었다가 한 시간쯤 지나 또 소스라치며 눈을 떴다. 이번에는 벌떡 일어서서 형광등을 켜고 책상 밑이며 진열장 틈새까지 들여다보았다. 바보 같은 짓이었지만 어쩔 수 없었다. 그만큼 꿈속 음성이 또렷했고 발음도 분명했다. '뭐 이런 꿈이 다 있지?' 동수는 선 채로 잠시 멍했다가 형광등도 끄지 않고 이부자리로 엎어졌다.

"어서들 일어나! 동수 넌, 오늘은 왜 이렇게 늑장이야?"
흘러든 엄마 소리에 동수는 화들짝 몸을 일으켰다. 밤새 잠을 설친 탓이었다. 스스로 하는 아침 기상도 핀잔을 하나라도 덜려다가 붙인 습관이었다.
넷이 둘러앉은 식탁은 정확히 두 구역으로 나뉜 모양새였다. 아빠와 동수는 오로지 씹고 삼키는 소리만 냈고, 엄마와 민수는 식사는 둘째고 얘기를 쉴 줄 몰랐다.
"참, 민수야. 일기 예보 들었지? 오후에 비 온다니까 우산 꼭 챙겨. 환절기에 감기 무서워."
"네, 엄마도 챙기세요. 아빠도 형도……."

"태풍도 온다지?"
"근데 딴 데로 꺾일 수 있대요."
"그래? 그건 못 들었네. 제발 그랬으면 좋겠다."
"그래도 엄마, 태풍은 지구 환경에 필요하대요. 그렇게 미워하진 마세용."
"민수님, 알았어용. 엄만 태풍이 몰고 오는 바람이 정말 정말 싫거든. 그래서 그래."
"바람이 너무 강해서요?"
"이 집이 오래돼서 창문도 낡았잖니. 덜커덩덜커덩, 난리도 아니잖아. 그때마다 심장도 같이 덜컹거려, 엄만."
"창문만 새로 바꾸진 못해요?"
엄마가 대답할 차례에 아빠 휴대폰이 울렸다.
"어, 용식아, 어젯밤에 왔어. ········ 응, 좋았어. 그건 그렇고 이번에 괜찮은 놈 하나 건져 왔다. ·········· 아냐, 민박집 주인이 그냥 줬어. 얘기 중에 내가 사진관 한다니까 보여주지 뭐야. 아버님 유품인데 십 년간 다락에만 뒀었대. ········ 상태도 이만하면 뭐 최고야. ········ 돈은 절대 안 받겠다는 거야. 옆에서 할머님이 더 펄쩍 뛰시는 거 있지. 잘만 간직해 달라고. ·········· 그래, 사진관 나가서 전화할게."

씹고 삼키는 소리만 냈던 아빠는 꼭 딴사람 같았다.
"참 알다가도 모를 일이야. 그놈의 카메라 얘기만 나오면 어디서 그렇게 말이 술술 나오는지……."
엄마의 그런 푸념은 순탄한 일상의 표징이기도 해서 아빠는 아무렇지 않게 밥공기를 바닥까지 비우고 일어섰다.

2

동수는 같은 꿈을 하룻밤에도 서너 차례씩 꾸었다. 모습도 없이 목소리뿐인 목소리가 매번 같은 말을 반복해 외쳤다. 누구냐고 물을 때마다 흥분을 못 이기고 고함을 지르는 바람에 동수는 놀라 허우적대다 깨곤 했다. 악몽이라 여기고 무시할 수만은 없었다. 음성이 지나치게 선명한 점도 걸렸지만 같은 꿈을 내리 며칠째 꾸는 점이야말로 예사롭지 않았다.

나흘째 밤이었다. 어김이 없었다.

"학생! 학생?"

동수는 벌어질 일이 또 뻔해 이번에는 누구냐고 묻지 않고 가만히 있었다. 목소리도 전과 달리 대답을 조르지 않고 그대로 말을 이었다. 차분하기까지 했다.

"학생, 정말 미안해. 요 며칠 많이 놀랐지? 나도 모르게 자꾸 흥분되는 통에 실례가 너무 많았지 뭐야. 사실은 학생한테 꼭 할 얘기가 있어서 그래. 미안하지만 내 얘기 좀 끝까지 들어줄 수 있을까?"

흥분해서 악이나 썼던 그 존재가 맞나 싶을 정도로 말이 조리 정연해 동수는 놀라느라 대답할 생각도 못 했다.

"난 깊은 잠일 때만 꿈속에 올 수 있어. 학생이 중간에 깨면 나가서 기다렸다가 다시 와야 돼. 그러다 보면 밤새 들락거리게 되거든. 학생! 부탁할게. 깨지 말고 내 얘기 좀 들어줘. 응?"

목소리는 간곡히 조아렸다. 꿈을 끝까지 꾸고 싶은 마음은 동수도 마찬가지였다. 꾸다 만 꿈이 종일 머릿속에서 맴돌아 해결이 필요했다.

"말씀… 하세요……."

"고마워! 정말 고마워! 내가 누구고 왜 학생을 찾아왔는지, 이제부터 다 얘기할게. 깨지만 말아줘, 응?"

"네……."

꿈속은 온통 까맸다. 들리기만 할 뿐, 어른거리는 자취 하나가 없었다. 동수는 어둠의 한 지점에 막연히 눈을 맞추고 귀를 열었다.

"물론 내 방문이 예삿일일 수는 없어. 하지만 난 학생한테 해를 끼칠 존재는 절대 아니야. 일단 그 점만 생각하고 안심해주길 바래. 참, 몇 학년이고 이름은 뭐지?"

"고1··· 오동수예요······."
"오씨 성에 동수구나. 안 그래도 고등학생은 됐겠다 싶었어. 내 이름은 박두섭이야. 나이는 예순여섯, 아니지, 일흔여섯이라고 해야겠네······. 듣고 있니?"
"네······."
"동수야. 난 십 년 전에 죽은 늙은이야. 지금은 영혼으로만 사는 상태야······."
 순간 머리꼭지가 오그라드는 느낌이었지만 동수는 마음을 다잡았다. '죽은 사람이 꿈에 나오는 건 얼마든지 있는 일이야. 이상할 거 하나도 없어······.'
"난 사람들이 흔히 말하는, 그런 귀신이 아니야. 죽은 사람의 영혼이 세상을 떠돈다는 말을 난 살았을 때도 믿지 않았어. 귀신이 돼서 허공을 떠돈다니······. 그 떠돈다는 귀신들이 내 가족이라고 상상해 보렴. 그럼 그게 얼마나 엉터리없는 말인지 실감이 갈 거야. 동수야! 난 결코 그 어떤 부정한 존재가 아니야. 믿어도 돼. 이해하겠니?"
"네······."
 흔히 말하는 귀신과 무슨 차이가 있다는 건지 헷갈렸지만 동수는 일단 들어 보기로 했다.

"몸에서 벗어났으면 마땅히 영혼세상으로 가야 하는데, 난 그러질 못했어. 바로 그게 널 찾아온 이유야……."
'날 찾아온 이유?' 아무리 꿈이라 해도 죽은 자와 엮인다는 의미여서 어딘가 찜찜했다. 꿈을 계속 꾸어야 할지 주저됐지만 그 또한 동수는 일단 두고 보기로 했다. 꿈을 꾼다는 사실이 꿈속에서 뚜렷이 의식되는 만큼 두고 보다가 깨도 늦지 않을 일이었다.
"이 년에 걸쳐 입퇴원을 반복하다 집에서 숨을 거둔 때가 십년 전이었어. 건강에는 자신 있었는데 겨우 육십 중반에 말기 암 선고를 받았지 뭐니. 인정하기 힘들어서 처음엔 그 화풀이로 식구들한테 꽤나 고약하게 굴었어……. 그랬는데 다행히 마음이 차차 편해지더구나. 처자식들이 서로 화목해서 뒷일 걱정이 적었기 때문인지 뭔지. 어쨌든 곧 닥칠 세상 이별이 그리 두렵지 않았어. 숨이 끊어진 뒤에 몸에서 나와 식구들을 내려다보면서도 담담하기만 했거든. 그런데 그런 나한테도 끝까지 이별하기 싫은 게 하나 있었지 뭐야……."
"뭔… 데요?"
여차하면 깨려고 마음먹었던 동수는 그새 뒷얘기가 궁금했다. 죽은 뒤에 영혼이 몸에서 빠져나온다는 설은 사실 여부를 떠나 익히 들은 터라 특별할 것도 없었다. 영혼이라고 주장하는 존재로부터 친근히 이름이 불리고 그의 인생 사연을 듣는다는 사실이 묘하고 짜릿할 뿐이었다.

"카메라였어. 내가 평생 애지중지했던 카메라……. 천장 가까이 떠서 식구들을 내려다보다가 내 머리맡에 놓인 카메라로 눈길이 갔어. 아무래도 떠날 시간이 코앞 같아서 죽기 며칠 전에 처한테 좀 꺼내 달라고 했었거든. 내가 가고 없으면 카메라는 천덕꾸러기가 될 신세였어. 남은 시간이라도 곁에 두고 싶었거든……."

목소리의 말은 점점 독백의 투가 되었다.

"그 카메라는 내가 고등학생일 때 아버님이 구해주신 거야. 당시에 나온 카메라 중에서는 최상급이었어. 그때 우리집 형편이 꽤 좋았었거든. 어깨에 자랑스럽게 메고 온 군데를 헤매고 다니면서 찍었어. 얼마나 신바람이 났었는지 몰라. 그러고 다닐 때만 해도 사진이 평생 초라한 밥벌이가 될 줄은 상상도 못 했어……. 잘만 나가던 아버님 사업이 하루아침에 쫄딱 망했거든. 대학 진학도 포기해야 했어. 서울 이모님 댁에 일찌감치 방도 하나 정해 놨었는데. 아버님은 결국 얼마 못 가 화병으로 돌아가셨어……. 한동안 방황하다가 군대 갔다 와서 읍

내에 사진관도 차리고 결혼도 했어. 자식도 넷이나 낳았고. 그런데 이상하게 자식들 모두 카메라에는 관심도 소질도 없었지 뭐니. 그래서 암 진단 받고 사진관을 폐업하면서 카메라도 다 처분했어. 그 카메라 하나만 남기고. 아버님 추억이 깃든 거라 없앨 수가 있어야 말이지…….”

 목소리는 이제부터 할 얘기가 정작 중요하다는 듯 숨을 돌렸고, 동수는 그 잠깐도 지루해 꼼지락거렸다.

 “허공에 떠서 카메라를 보다가 곁으로 내려갔어. 문득 셔터음이 듣고 싶더구나. 셔터 버튼을 눌렀지. 이상했어. 버튼이 먹히질 않는 거야. 손가락마다 돌아가며 눌러도 마찬가지였어. 손바닥으로 두드려도 마찬가지고……. 몸의 형상이 뇌리에 남았을 뿐, 이미 실재하는 몸은 아니었던 거야…….”

 “아…….”

 “정밀한 맞물림들이 순간에 터뜨리는 기계식 셔터음은 세상에서 가장 매력적인 소리였어. 내 귀에는 그랬어. 정직하고도 경쾌한 금속성 리듬……. 심지어 아름답기까지 했거든.”

 동수는 목소리와 아빠의 직업이 같음을 그제야 의식했다. ‘아빠도 셔터음을 아름답다고 느낄까? 설마…….’

 “셔터음이 터지는 순간은 내가 신이 되는 기분이었어. 사진

속 세상을 만드는 신……. 셔터음도 그립고 셔터가 터지는 순간의 그 기분도 그리웠던 거야. 마지막으로 꼭 한 번 누르고 싶다는 생각이 가시질 않았어. 강한 압력으로 부딪치면 되겠다 싶더구나. 곧바로 천장에 납작 달라붙은 뒤에 버튼을 향해 돌진했어. 있는 힘을 다해서……. 그 뒤로 카메라 안에 갇히고 말았어."

"네? 카메라 안에 갇혔다구요?"

"셔터 버튼을 향해 돌진했는데, 그만 어느 틈새론가 빨려 들어오고 말았어. 온갖 몸부림으로 탈출을 시도했지만 소용없었어. 부품 사이에 꼼짝없이 끼인 거야."

"그러니까 할아버지, 영혼이 카메라 속에 빨려 들어가서 부품 사이에 끼었다는 말씀이세요?"

"맞어."

"말이 돼요? 영혼은 형태도 없잖아요!"

꿈만큼이나 꿈속의 동수도 이상했다. 말도 더듬지 않았고 대화도 거침이 없었다.

"나도 이해가 안 갔지만 엄연한 내 현실이었어. 몸에서 갓 나온 영혼이다 보니 어떤 성분이 아직 남았던 건지, 아니면 영혼 세상으로 이동되려는 찰나에 내 어리석은 집착이 돌연변이 같은 현상을 일으킨 건지 뭔지······.”
 목소리는 동수 질문에 대충 건너뛰는 일이 없었다.
 "만약 어떤 성분이 남은 거라면, 지금 상태에 느낌 같은 게 있나요? 물컹하다든지 끈끈하다든지요.”
 "글쎄, 물 위에 살짝 손바닥을 댔을 때의 느낌? 어쨌든 성분이니 돌연변이니 하는 말은 어디까지나 내 추측일 뿐이야.”
 "신기해요. 어떻게 그런 일이 벌어질 수 있죠?”
 "내가 갇힌 카메라가 바로 오늘 네 아빠가 가져온 카메라야. 지금 네 방에 있는 카메라······.”
 "네? 아빠가 가져온 카메라요?”
 동수는 바닥까지 맥이 풀렸다. 십 년 전 어느 시골집에서 벌어진 불가사의한 괴담에 흥미진진했는데 뜬금없이 아빠 카메라가 등장하다니. 고단수 개꿈에 감쪽같이 속아 넘어간 기분이었다. '요즘에 다시 스피드 단축에 매달려서 스트레스가 컸었나? 큐브는 해법이나 음미하면서 돌리는 게 역시 나한텐 딱인가 보네······.'
 "난 아들 딸, 모두 넷을 뒀어. 그중 작은아들이 고향에서 우리 내외랑 살았거든. 내가 죽자마자 아들 녀석은 장례식 준비한다고 카메라부터 다락에다 치우더구나. 마누라는 큰일 앞에서 어른 노릇 하느라 정신이 하나도 없었겠지……. 그 뒤로 난, 다락에 방치된 카메라 안에서 기약도 없이 갇혀 지내야 했어. 그러다가 네 아빠가 내 아들 집에서 민박을 한 바람에 카메라가 다락에서 나오게 됐지 뭐니. 십 년, 무려 십 년 만에 말이다……."

맥이 풀렸던 동수는 정신이 번쩍 들었다. 목소리의 그 얘기는 여행 다녀온 아빠가 다음 날 아침에 친구와 했던 통화와 완벽히 일치했다. 개꿈도 악몽도 아니었다. 십 년 전 어느 시골 집에서 벌어졌던 불가사의한 괴담을 넘어 지금 여기에 실재하는 명명백백한 초자연이었다. 질문들이 앞을 다투며 떠올랐다. 어서 하나씩 확인해야 했다.

"할아버지 말씀대로 영혼이 카메라에 갇혔다 쳐요, 갇혔는데 어떻게 제 꿈에 오셨죠?"

"영혼은 카메라 안에 그대로 있어. 이 꿈속엔 복사의식으로 온 거야."

"복사의식? 그건 또 뭐죠?"

"내가 붙인 이름이야. 망상 같은 아이디어에서 나온 발견이었어. 영혼인 내가 산 사람과 소통할 길은 아무래도 꿈밖에 없겠더구나. 그때부터 꿈속에 들어갈 방법만 죽어라 궁리했어.

실패를 셀 수 없이 거듭하면서. 노력은 살았을 때만 필요한 게 아니더구먼."

"의식을 복사하는 게 어떻게 가능하죠? 초능력 복사기라도 있다면 모를까."

"맞어, 복사기. 복사기가 내보내는 복사지를 상상했거든. 복사기 역할을 기계 대신 정신으로 해야 하는 게 문제였지만, 희망이 아주 없진 않았어. 살았을 때와 비교가 안 되게 정신이 맑고 예민하거든. 정신의 이런 특별한 상태를 활용하면 가능성이 있을 것 같았어."

"그래서 어떻게 하신 건데요?"

"망상 같아서 문득문득 공허하긴 했어. 정신으로 떠올린 상상을 정신으로 확신하고 정신만으로 실행하겠다니. 그래도 어쩌겠니, 다른 수가 없는데. 아무튼 정신력을 활용하기로 정하고 나니 의외로 단순했어. 수단도 하나, 방식도 하나였으니까. 정신과 집중. 맑고 예민한 정신을 최대한 가동해서 복사의식에 최고조로 집중하는 것……."

"복사의식은 결국 텔레파시 같은 거 아닌가요?"

"아마 아닐 거야. 난 텔레파시는 염두에 두지 않았어. 살면서 텔레파시 초능력에 대해 들을 때마다 확신이 안 갔었거든. 확신이 안 가는데 집중이 되겠니? 그래서 내가 상상한 복사의식만 생각했던 거야."

"아… 확신과 집중……."

"된다는 보장도 없는 깜깜절벽에서 복사의식 하나에 집중하기 시작했어. 날과 달을 넘기면서 무던히 집중하던 중이었는데 뭔가 이상하더구나. 감지되는 게 있었어."

"복사의식이었나요?"

"맞아. 처음엔 그게 뭔지도 몰랐어. 혹시라도 사라질까 싶어 집중을 꽉 붙들고 잠자코 있었더니 점점 선명해지더구나. 내 영혼 안에서 살짝살짝 아른거렸어. 지도 같기도 하고 도형 같기도 한 것이."

"근데 그게 복사의식인지 어떻게 아셨어요? 밖으로 내보내 봐야 알 수 있잖아요."

"부품에 끼였지만 평소에 내 감정에 따라 영혼이 미미하나마 움직이거든. 그런 내 움직임이 복사된 의식에 거의 다 투영되더란 말이지. 쌍둥이처럼."

"와, 결국 망상을 현실로 만드셨네요. 대단하세요!"

"노력 하나는 대단했을 수 있어. 하지만 뭔가 숨은 원리가 있었으니 가능하지 않았겠니? 사실, 소름 돋게 신비로운 일이야.

정신 집중이 그 뭔지 모를 원리 안에서 어떤 요소들을 연결하고 조율했을 걸 생각하면……. 그 뒤로 정신에 대해 참 많은 생각을 했지만 그저 잡다한 추리들에 불과했어. 결국 다른 방향에서 생각이 정리되더구나. 이 정신이란 게 있기까지 정신의 모체가 존재한다면 그 모체의 능력은 얼마나 무변광대할까, 물질과 원리를 스스로 조성하고 자유자재로 다루겠구나, 싶었어. 숨 막히게 두려운 차원이야."

"어쩜 가능할 수도 있겠네요……. 그럼 복사의식을 밖으로 보내는 건 어떤 방법을 쓰셨어요?"

"그것도 뾰족한 수가 있을 리 없었어. 정신과 집중 외에는. 그런데 이번엔 문제 하나가 따로 있지 않았겠니? 복사의식은 매번 내보내는 실험을 해야만 성공 여부를 알 수 있다는 점이었어. 그 과정이 얼마나 가혹했는지 몰라……."

"과정이 어땠는데요?"

"집중에 들어가기 전에 미리 정해 둬야 했어. 내보낼 방법을. 그래야 집중이 완성된 순간에 딱 맞춰 실행할 수 있으니까. 아무리 쥐어짜도 한 가지 방법밖에 떠오르지 않더구나."

"한 가지요?"

"솟구치는 고래. 깊은 바닷속에서 솟구쳐 오르는 고래."

"솟구쳐 오르는 고래요?"

"집중이 완성된 순간에 카메라 밖을 향해 솟구쳐 오르는 것. 물론 카메라에 갇히고 부품에 끼였다는 사실은 그 순간 완벽히 무시해야 했어. 겁먹고 잠깐이라도 주춤대거나 하면 집중이 무너질 테니."

"위험했겠어요. 카메라에 돌진했다 갇혔을 때처럼."

"아암, 위험했어. 내 영혼 자체가 잘못되고도 남을 실험이었으니까. 그래도 어쩌겠니. 기약 없이 갇혀서 마냥 비참하게 지낼 수는 없잖어……. 집중이 완성된 순간과 솟구침, 그 둘을 일치시키는 게 몸서리나게 힘들었어. 일치가 어긋날 때마다 바윗덩이에 뭉개지는 것 같았거든. 그때마다 충격으로 의식이 희미해지면서 영혼이 사그라들더구나. 겪어 보니 영혼에게는 가물거리다가 아주 사그라지는 현상이 곧 죽음이었어. 영혼이 사그라드는 경우가 또 있었는데, 너무 힘들어서 삶의 의지를 내려놓는 순간들에도 그랬어. 사그라짐이 곧 마침표였어. 죽음인 거지."

"영혼은 죽는 존재가 아니지 않나요?"

"다른 단어로는 표현이 안 돼서 그래. 모든 기억이며 생각이 아주 빨리 두세 단계를 거치면서 새까맣게 꺼져 갔어. 혼절은

단연코 아니었어. 느낌이 판이하게 달랐거든. 영혼도 죽는 존재라면 바로 이게 죽음이겠구나, 싶었던 거야."
"그 현상이 대체 뭘까요?"
"모르지. 어쨌든 지금의 내 영혼 상태가 막을 내리는 건 분명했어. 그러니 내겐 죽음인 거고……. 충격을 받고 사그라들 때마다 악착같은 발버둥으로 돌아오곤 했어. 나중엔 그것도 기술이 늘더구나. 내가 날 돌아봐도 참 징글징글하게 매달렸어……. 그러다 어느 날 결국 또 해냈던 거야. 죽을 고비를 수없이 겪으면서 얻은 결과답게 완전한 성공이었어. 됐다 안 됐다 하는 경우가 다시는 없었거든."
"제 꿈에 오셔서 왜 그렇게 흥분하셨는지 이제 알겠네요. 꿈 때문에 놀라서 깨긴 저도 처음이었거든요."
"당연히 제정신이 아니었어. 복사의식에 성공했어도 들어갈 꿈속이 없었잖니. 그러다가 십 년 만에 드디어 꿈속이란 데를 들어왔으니……. 내가 악을 쓰는 바람에 네가 놀라서 깬다는 생각도 어제야 들었어. 꿈속이 이렇게 암흑이다 보니 더 악을 쓰게 됐지 뭐야."
"할아버지가 저한테 안 보이는 건 복사의식으로 오셨기 때문인가요?"

"그렇겠지. 너 역시 나한테 보이지 않아. 너에 대해 이것저 것 느끼긴 해도."
"이렇게 말은 나눌 수 있어서 다행이에요. 근데 카메라 안에서 바깥이 보이거나 들리시나 보죠? 카메라를 아빠가 가져온 걸 알고 계시잖아요."
"보이지도 들리지도 않아. 빛이며 소리의 파동을 느낄 뿐이야. 어느 날 갑자기 다락문이 열리더니 아들이 카메라를 들고 내려가더구나. 빛이 느껴졌어. 그때의 벅찬 심정을 어떻게 말로 표현할 수 있겠니……. 카메라를 앞에 놓고 아들이 누군가와 얘기를 나누는 것도, 누군가의 목소리가 중년의 남자라는 것도 느껴졌어. 여러 종류의 파동으로 많은 게 구별됐거든. 아들이 카메라를 건네주는 순간, 뭔가에 싸여 가방에 넣어지는 순간, 그 매 순간이 구별됐어."
"그럼 우리 아빠도 사진사라는 사실까진 모르시겠네요? 동네에서 조그맣게 사진관 하시거든요."
"그래? 그랬구먼! 그래서 아들 녀석이 카메라를 넘겼구먼!"
"아빠가 카메라를 수집하시거든요. 이번에 좋은 카메라 얻어왔다고 친구한테 전화로 자랑까지 하셨어요."
"내가 죽기 한참 전부터 아들 녀석이 민박집을 했어. 그래서 민박 손님인 줄은 알았지. 그런데 사진사였다니! 제 아비 유품이라 함부로 버리지도 못하다가 이때다 했겠구먼. 결국은 올 사람한테 온 거야. 잘됐어, 아주 잘된 일이야!"

목소리는 자식과 카메라를 혼동이라도 하듯 했다.

"근데 다락에 계실 때요, 식구들 꿈에 복사의식으로 들어가시면 되는 거 아니었나요?"

"그랬으면 더 바랄 게 없었겠지. 그 목적으로 복사의식도 궁리했던 거니까. 그런데 전혀 예상하지 못한 문제들이 있었어. 복사의식으로는 다락문이나 벽을 통과할 수가 없었거든. 카메라 밖에서 머물 수 있는 시간도 너무 짧았어. 오 분도 안 돼서 몽롱해지는 통에 허둥지둥 카메라로 돌아와야 했으니까. 말하자면, 복사의식은 영혼의 심부름꾼이어서 능력이 한참 모자란 거야."

"만약 밖에서 복사의식이 잘못되면 카메라 안에 있는 영혼도 잘못되나요?"

"물론이야. 철저하게 연결돼 있어. 계속 새로 뽑으면 되는 복사기 같으면 오죽 좋겠냐만."

"누가 다락에서 잠 좀 잤더라면 좋았을 텐데요."

"잠잘 장소가 못 돼. 자잘한 짐이나 두는 데야. 식구들마다 뭘

가지러 올라와도 퀴퀴해서 서둘러 내려가기 바쁜 데거든. 누가 카메라를 들고 내려가기 전엔 어떤 기대도 할 수 없었어. 하루 중 많은 시간을 가수면 상태로 있었으니 망정이지, 안 그랬으면 진작에 사그라지는 쪽을 택했을 거야⋯⋯."
"가수면이면, 자는 것도 안 자는 것도 아닌 거요?"
"그런 셈이야. 시간을 견디기 위한 방법이었어. 또 한 가지 방법은 날짜 헤아리기였고. 헷갈리지 않게 세어서 기억 속에 정확히 저장하는 것. 소중한 하루 일과였어. 돌아보니 가수면은 시간을 잊게 해줬고, 날짜 헤아리기는 시간을 받아들이게 해줬더구나. 복사의식의 한계로 식구들 꿈에 못 들어가게 된 이상은 시간을 이기는 게 중요했거든."
"아빠는 아무것도 모르고 할아버지한테 큰일을 한 셈이네요. 그 먼 지방에서 우리집에 오시고 제 방 진열장, 제 꿈에 오시고. 진열장이 방 안에 있는 것도 그중 다행이네요."
"물론이야. 보통 감사한 게 아니야. 영혼뿐인 상태로 내가 찾아들 데는 꿈속밖에 없었으니⋯⋯."
'영혼뿐인 상태?' 동수는 순간 철렁했다. 이미 대수로울 바 없는 그 말이 자석에 달려드는 쇠붙이처럼 와서 박혔다. 의식을 복사해 꿈속으로 쏘는 능력을 지닌 영혼. 그런 영혼이라면 카메라로부터 자유로워진 뒤에는 무소불위의 능력을 발휘할 터였다. 산 사람의 인생을 하루아침에 바꿀 초월적인 힘……. 동수는 몸을 떨었다. '생각만 해도 답답한 우리집. 희망이라곤 없는 내 인생. 소원 하나만 이루면 모든 게 달라질 거야. 이건 일생일대의 기회야!'

동수가 희망의 조각들을 꿰맞추는 사이에 목소리는 감동의 말로 사연을 마무리했다.

"끔찍했던 십 년 세월, 포기하지 않고 견딘 보람을 이렇게 거두다니! 카메라를 다락에서 나오게 해준 네 아빠, 그리고 카메라에서 날 풀어줄 너한테 감사할 뿐이야. 카메라를 넘길 생각을 한 아들 녀석한테도 이젠 감사해. 감사하고말고!"

'저렇게 고마운 심정이면 나한테 뭐든 해주고 싶을 거야. 이제 원하는 걸 말하라고 하겠지? 한 가지면 돼. 한 가지 소원이면 다른 문제들은 자동으로 좋아질 수 있어!' 동수는 쿵쾅거리는 심장 박동을 느끼며 목소리의 다음 말을 기다렸다.

"뭐니 뭐니 해도 날 직접 풀어줄 너한테 정말 감사해. 영혼은 영혼세상으로 가야 해. 그게 세상 질서고 몸을 벗은 영혼의 본분이 아니겠니?"

지난 세월을 독백의 투로 털어놓았던 목소리는 탈출의 문턱에서는 어쩌지 못하고 들떴다.

"이제 카메라 뜯는 법을 알려줄게. 내 위치가 까다로운 지점이 아니라 쉬울 거야. 두 단계만 거치면 돼. 렌즈를 카메라 몸체에서 분리한다, 몸체 쪽의 납작한 금속판을 들어 올린다, 이게 전부야. 아주 간단하지?"

"네, 간단하네요."

"렌즈 바로 옆을 보면 볼록 나온 동그란 버튼이 있어. 그걸 누르면 렌즈가 몸체에서 분리될 거야. 알아듣겠니?"

"동그란 버튼 누르고 렌즈를 떼라는 말씀이잖아요."

"맞아. 그다음에 렌즈랑 맞물렸던 몸체 쪽을 봐. 자잘한 나사 몇 개로 고정된 금속판이 있을 거야. 얇은 링 모양 금속판이야. 잘 듣고 있지?"

"네. 몸체 쪽에 동그런 금속핀이 있다는 말씀이잖아요."

동수는 이해한 사항을 이어서 바로 짚어주었다. 목소리 못지않게 동수도 마음이 급했다.

"맞아. 그 나사들을 풀고 판을 들어 올리면 난 풀려나. 금속판을 다시 나사로 고정하고 렌즈를 원래대로 끼우면 끝이야. 다시 설명할까?"

"아뇨, 다 이해했어요."

"그리고 너랑 내가 이렇게 특별한 인연인데, 서로 얼굴은 보고 헤어져야 하지 않겠니? 내가 온전한 영혼으로 오면 서로가 보일 거야. 날 풀어준 뒤에 네가 다시 잠들면 들어올게. 그때 얼굴 보면서 제대로 작별인사 나누자. 참, 그 나사를 풀려면 가느다란 정밀 드라이버가 필요한데, 있겠지?"

"진열장 서랍에 별난 연장들 많이 있어요. 그 드라이버도 세트로 있을 거예요."

"그래, 그럼 이제 너만 잠에서 깨면 되겠다!"

목소리는 동수가 기다리는 말은 끝까지 꺼내지 않았다.

'하도 들떠서 보답 문제는 생각도 못 하나? 소원 하나만 들어달라고 그냥 직접 말할까? 아니야, 조건을 단다고 괘씸해 할지 몰라. 어쨌든 유령이잖아. 해코지할지 어떻게 알아……. 그럼 혹시 얼굴 보면서 작별할 때 말하려고 저러나? 그래도 그렇지, 굳이 그때로 미룰 이유가 없잖아. 어쨌든 풀어주기 전에 약속을 받아야 돼. 약속하고도 그냥 가버리는 거야 어쩔 수 없지만, 설마 그러겠어?' 동수는 생각이 복잡했다. 우선 시간을 끌어 보기로 했다.

"근데요, 풀어드린 뒤에 전 어떻게 되죠?"

"어떻게 되긴! 아무 일 없어!"

"제가 카메라 뜯고, 그렇게 해서 할아버지가 영혼세상으로 가시면, 그걸로 다 끝인가요?"

"물론이야! 넌 카메라만 뜯어주면 돼. 다른 부탁은 더 없어. 꿈에 다시 오겠다는 것도 서로 얼굴이라도 보고 헤어지자는 말이지, 다른 목적은 없어. 더 이상 널 귀찮게 할 일은 없으니 안심해도 돼!"

그로써 목소리가 보답에 대해서는 아무 생각이 없다는 사실이 의외로 빨리 증명되었다. 동수는 당황스러웠다. '정말 답답하네. 소원 하나 들어주겠다는 말이 저렇게 안 떠오를까? 대놓고 말하는 건 안 내키는데, 어떻게 눈치를 주지?' 다행히 불쑥 튀어 들어온 공처럼 핑곗거리 하나가 떠올랐다.

"저기, 제가 사실은 걱정되는 게 있어요……."

"그래, 말해 봐!"

"영혼이시잖아요, 할아버지는. 저한테 무슨 부작용이 없을까요? 카메라를 뜯는 순간에 영혼이랑 접촉하는 거라서요. 특이한 일을 겪고 이상해지는 사람들도 있잖아요. 고대 무덤을 파헤친 사람들이 의문의 죽음을 당하는 영화도 있는데……."

동수는 그 정도로 하고 말끝을 흐렸다.

"아……, 그런 걱정을 하는구나……. 동수야, 약속할게. 불길한 일은 절대로 없어. 요 며칠 계속 꿈속에 왔지만 너한테 아무 일도 없잖니?"
"이렇게 얘기만 나누는 건 문제가 다르죠."
"그렇지 않아. 카메라에서 내가 풀려나도 그저 순식간에 네 옆을 스칠 뿐이야. 직접 닿는 것도 아니잖니?"
"그래도 불안해요. 전 살아 있는 사람이잖아요. 할아버지가 제 입장이 아니시라……"
"동수야! 난 사람들을 홀려서 곤경에 빠뜨리는 몹쓸 악귀가 아니야. 순리대로 어서 영혼세상에 가려는 생각밖에 없어. 그 생각 하나로 십 년을 견뎠고. 그런 내가, 날 돕는 너한테 해를 끼칠 리가 있겠니? 안 그래?"
최종 문턱에서 뜻밖으로 가로막힌 목소리는 동수의 말허리를 자르며 버둥거렸다.
"그래도 전……"
"생각해 봐. 내가 죽었던 날, 내가 몸에서 나와 내 곁에 딱 붙어 앉았었던 식구들 몸에 이리저리 닿았지만 누구도 잘못되지 않았어. 내 아들도 멀쩡히 살아서 여전히 민박집을 운영하잖니? 그래서 네 아빠도 만나고 카메라도 넘긴 거 아니니?"
목소리가 애걸할수록 동수는 속만 더 터졌다.

"할아버지! 어떻게 그렇게 본인 생각만 하세요? 제 입장은 안중에도 없으세요?"

참다못해 성질을 부렸다가 동수는 아차 싶었다. '괜히 비위만 건드렸을까? 해괴망측한 상황을 십 년이나 견딘 영혼이잖아. 견딘 건 더 해괴하고······.' 일 초라도 빨리 사과해야 했다.

"죄송해요. 전 그냥 제 입장도 좀 이해하셨으면 해서요. 다른 뜻은 없었어요······. 할아버지? 할아버지?"

목소리는 나가고 없었다. 동수는 애타게 목소리를 부르다가 잦아들었다.

3

아침이 밝아 눈뜨기 바쁘게 동수는 진열장에서 카메라부터 꺼냈다. 가까이로 멀리로 렌즈 안쪽을 후비듯 들여다봤지만 그 어떤 낌새도 없었다. 겹을 이룬 조리개 날개 한가운데에 콩알만큼 열린 구멍 너머로 너저분한 방 풍경만 보일 뿐이었다. '내가 대체 무슨 꿈을 꾼 거지? 어떻게 그런 꿈이 있지? 꿈이었던 게 맞긴 맞는 거야? 말도 안 돼…….' 믿기도 어려웠지만 믿지 않기는 더 어려웠다. 흠뻑 빠져서 들었던 사연은 다 뭐며, 신비한 현상에 대해 낱낱이 주고받은 질문과 대답들은 다 뭐며, 대화하면서 든 역력한 느낌이나 판단들은 다 뭐였는지. 무엇보다 현실 속 사실과 정확히 일치하는 대화 내용은 어떻게 받아들여야 하는지…….

동수는 등교 준비를 마친 뒤에도 카메라만 쳐다보다가 집을 나섰다. 새벽녘에 설핏 내린 가을비로 거리는 투명하게 반짝였다. 노랗게 물들기 시작한 가로수 잎들은 물기를 머금어 더욱 눈부셨지만 동수는 지난밤 꿈 생각에 빠져 땅만 보고 걸었다. '어차피 꿈이잖아. 소원 하나 들어 달라고 까놓고 말할 걸 그랬나? 내가 쓸데없이 너무 겁먹었었나? 까짓거, 비위 좀 건드려서 뭔 일 좀 당하면 어때. 이렇게 찌질하게 사느니 말이라도 꺼냈다가 당하든 말든 하는 게 낫지. 내 도움이 필요하니까 또 오겠지? 며칠간 내리 왔으니까 또 올 거야. 안 오면 어쩌지? 제발······.'

동수는 학교에서도 종일 꿈 생각에 빠져 지냈지만 입 밖에 낼 일은 없었다. 교실에서 동수는 투명인간이었다. 말더듬증과 백반증. 만만히 보일 약점을 두 가지나 가진 동수가 손찌검이나 강제심부름 같은 괴롭힘을 면하고 방임의 대상이 된 이유는 엉뚱하게도 큐브였다. 동수는 쉬는 시간이면 시선에도 아랑곳없이 큐브를 돌리곤 했다. 학년 초에 노골적인 놀림이 시작됐다가 큐브를 돌린 뒤로 방향이 바뀐 점으로 미루어 큐브가 이유일 확률이 구십구였다. 짧은 호흡으로 집중해 눈 깜짝할 새에 맞추기를 완성하는 동수가 반 아이들 눈에는 벌레가 나비로 둔갑한 듯이 보였을 터였다. 한때 만지다가 대개는 패

배감으로 포기했던 얄궂은 놀잇감이어서 애써 모른 체하고 싶었는지도 몰랐다. 동수에게 결정적인 의외의 면이 또 있을지 모른다는 수상쩍음도 한몫했을 수 있었다. 두 번은 뒤통수를 맞기 싫은. 입을 떼는 것 자체가 두려운 동수로서는 방임되는 처지가 반갑다면 반가운 상황이었다. 중학교 때도 경험한 상황이니 반 아이들의 그런 반응을 예상했다 한들 굳이 의도적일 필요도 없었다. 해 온 대로 했을 뿐. 물론 예외는 있었다. 갈구고 괴롭힐 대상을 찾아 촉수를 번득이는 몇몇은 그대로 넘기지 않았다. 턱주가리에 새똥 처바른 새끼, 더더더듬이 알비노새끼……. 옆을 스치거나 마주칠 때면 여지없이 그런 야유로 동수를 밟았다.

오지 않으면 어쩌나 했던 동수의 조바심은 괜한 걱정이었다. 목소리는 그날 밤에도 어김없이 날아들었다.
"동수야…….”
"할아버지? 할아버지세요?"
"그래, 나야.”
"어서 오세요!"
동수는 맨발로 달려나가 맞이하듯 했다.

"날 기다렸니?"

목소리도 동수만큼이나 반색했다.

"물론이죠. 갑자기 나가셨잖아요!"

"그나저나 동수야, 뭐 좀 물어보자. 혹시 어제 내가 너한테 무슨 말실수라도 했었니?"

"아니요. 왜요?"

"요즘 학생들에 대해선 내가 통 모르잖니. 예전에 증명사진 찍으러 오는 애들하곤 꽤나 잘 통했는데······."

"아니에요. 말실수 같은 거 안 하셨어요."

"그럼 혹시, 어제 네가 말한 그 불안감 때문에 화가 났던 거니? 그런 거야?"

"맞아요. 불안하다 보니까 말이 그렇게 나왔어요. 화난 게 아니에요. 그러니까 기다렸죠."

"그랬구나. 다행이야. 내가 말실수했나 해서 사실은 종일 고민스러웠거든."

비위를 건드렸을까 해서 저 역시 애가 탔던 동수는 선물 꾸러미라도 한아름 받은 기분이었다. 그래도 보답에 대한 생각을 하루가 지나도록 떠올리지 못한 목소리의 외곬에 대해서는 여전히 난감하고 답답했다.

"동수야, 지금도 여전히 불안하니? 별일 없을 거란 내 말이 아직도 믿어지지 않아?"

동수는 먼저 말을 꺼내기로 했다. 아직까지 '소원'에 대한 눈치를 못 채는 것만 봐도 약아빠진 노인은 확실히 아니었다. 해코지를 걱정할 필요는 없을 것 같았다.

"할아버지 말씀을 믿고 안 믿는 문제가 아니에요. 제 불안감이 문제죠……. 저도 어서 풀어드리고 싶어요. 그래서 생각한 게 있는데요, 저한테도 희망이 하나 있으면 좋겠어요. 불안 같은 거 무시해버릴 수 있는 희망이요. 할아버지한테 영혼세상이 희망인 것처럼요……."

동수는 목소리가 다시 오리라는 기대로 준비한 문장을 토씨 하나 빼지 않고 옮겼다. 흥정하는 인상을 주지 않는 쪽으로 머릿속에서 썼다 지웠다 하며 만든 문장이었다.

"희망? 무슨 희망?"

"소원이요. 소원 하나만 들어주세요!"

동수는 힘주어 말하고 숨을 죽였다. 마찬가지로 숨소리도 내지 않던 목소리는 십여 초가 지나 헛기침으로 말문을 열었다.

"소원…… 글쎄…, 여기 이렇게 갇힌 처지라……, 나한테 그런 능력이 있을지……."

십여 초의 침묵이 꿈속의 어둠보다 더 무겁게 느껴졌던 동수는 이제 바랄 게 없었다. 다 된 일이었다. 거절이 아닌 이상은 수락이니까.

"지금은 약속만 하셔도 돼요! 소원은 당연히 카메라에서 풀린 뒤에 들어주셔야겠죠! 풀려나시면 제 얼굴 보러 꿈속에 다시 오시겠다고……"

동수는 문득 저 혼자 떠들고 있다는 생각이 들었다.

"할아버지! 할아버지?"

목소리는 어느새 또 나가고 없었다.

식은땀에 젖어 눈을 뜬 동수는 어둠 속에 꼼짝 않고 앉아 진열장만 올려다보았다. 카메라를 꺼내 들여다볼 의욕도 일지 않았다.

'내가 먼저 소원을 들먹인 게 역시 실수였을까? 아니, 그건 아닐 거야. 소원을 들어줄 생각이 있는 건 분명했어. 여기 이렇게 갇힌 처지라, 라고 했잖아. 그건 풀려나면 들어주겠다는 뜻이잖아. 불쾌했다면 그렇게 말했을 리 없어……. 그럼 어젠 내가 화내니까 곤란해서 나갔다 치고, 오늘은 왜 갑자기 나갔지? 혹시 복사의식 상태에 문제가 있었나? 가만, 잠들면 다시

올지 몰라…….'
 간절했지만 동수는 날이 밝도록 잠들지 못했다. 잘 풀리다가 동강 나듯 끝나버린 꿈이 안타까워 얕은 잠만 반복하다 말았다.

4

 가을은 하루가 다르게 분주히 흘렀다. 며칠 새에 단풍도 한층 짙어졌고 하늘도 부쩍 높아졌지만 동수에게 그 며칠은 시간이 정지된 날들이었다. 한 주의 반이 넘도록 목소리는 오지 않았다. 동수는 평소에 안 자던 낮잠까지 청했지만 역시 목소리는 나타나지 않았다.
 동수는 오늘도 학원 수업을 빼먹고 PC방에서 인터넷 검색창에 매달렸다. 하나같이 '영혼', '꿈', '초자연', '사후 세계' 등, 목소리와 관련된 검색어였다. 집 컴퓨터는 거실에 있어 사용하기가 거북했다.

 동수가 현관문을 여는데 거실에 있던 민수가 급히 검지를 입술에 갖다 댔다. 소리 내지 말고 방으로 피하라는 신호였지만 동수는 상관없이 굼뜬 걸음으로 들어섰다. 민수는 한숨을 폭 내쉬며 안방으로 들어가버렸다.

보일러실을 청소하다가 낌새를 챈 엄마는 바로 달려와 다짜고짜 동수의 등이며 팔뚝을 손바닥으로 후려쳤다.
"너, 영어 학원에 이틀이나 빠졌다며! 전화 왔었어! 제정신이야? 초급 단어도 아직 다 모르면서 이젠 아예 무단으로 결석을 해?"
동수는 한 자리에 서서 비를 맞듯 맞았다. 피해 봤자 열만 더 돋울 뿐임은 안 지 오래고, 자라면서 맷집도 자라 그다지 아픈 줄도 몰랐다.
"민수 반만 따라가도 내가 이러지 않아! 형이면 뭐 해! 동생이 본받을 게 있어야 말이지!"
고함이 이어지는 동안에 동수는 또 오래전 그날로 돌아갔다. 네 살 아래 동생과 독하게 비교를 당할 때면 재생되는 기억이었다. 대체로 어렴풋했지만 결정적인 몇 장면은 바로 어제 일처럼 또렷했다. 모두 내 탓이라 돌리고 엄마의 노골적인 차별을 감내하게 하는, 어찌 보면 착한 기억이기도 했다.

민수는 동수가 막 다섯 살로 접어든 무렵에 태어났다. 갓난쟁이를 품에 안은 엄마에게 동수는 이제 다 자란 맏이였다. 어린이집에서 돌아오면 밥이나 차려주고 옷이나 갈아입히는 정도가 동수 몫의 보살핌이었다. 나머지 시간은 만화영화를 틀어 주거나 장난감 바구니를 안기면 그만이었다. 집에서 공장 일거리를 받아 틈틈이 부업까지 했던 엄마는 몸이 열이라도 모자랄 지경이었다. 그때는 엄마가 비탈을 구르듯 가장 고달프고 정신없는 나날을 보내던 시절이었다.

갓 태어난 동생의 장난감 같은 손발을 조물거리며 눈을 빛냈던 동수는 곧 자신이 처한 현실을 알아차렸다. 동생의 탄생은 엄마를 잃었다는 뜻임을. 동수는 안 하던 짓들을 시작했다. 벽지를 뜯어내고 아무 데나 똥오줌을 싸고 밥을 먹다가 느닷없이 뱉어 내기도 했다. 그런 퇴행적 행동들로 끝나지 않았다. 민수를 꼬집거나 때리는 짓까지 시작해 엄마의 잔소리와 체벌은 갈수록 늘어만 갔다.

민수가 돌을 한 달쯤 앞둔 어느 날 오후였다. 민수가 잠든 틈에 엄마가 길 건너 마트에 주방세제를 사러 갔을 때였다. 엄마가 현관문을 나서기 바쁘게 동수는 민수 곁으로 가 손가락으로 민수 배꼽을 찌르려다 말곤 했다. 깨우면 야단맞을 줄 알라는 엄마의 경고가 그래도 걸린 까닭이었다. 동수는 하려던 장난을 그만두고 방바닥에 있던 목욕 수건을 민수 얼굴 위에 덮어씌웠다. 수건을 폭삭 덮어쓴 민수를 보고 헤벌쭉 웃으며 거실로 나온 동수는 안방 일은 까맣게 잊고 장난감 바구니를 뒤적거렸다.

십여 분 뒤에 마트에서 돌아와 안방으로 들어간 엄마는 아득한 비명을 질렀다. 민수를 싸안고 밖으로 뛰어나가는 엄마를 지켜보던 동수는 혼자 남겨진 뒤에야 울음을 터뜨렸다. 핼쑥해진 얼굴로 두어 시간 뒤에 민수를 안고 돌아온 엄마는 민수부터 안방에 눕히고 거실로 나와 눈물범벅이 된 동수를 건넌방으로 끌고 들어갔다. "의사 선생님이 뭐랬는지 알아? 니가 동생을 죽일 뻔했대! 니가 얼굴에 수건을 씌워서 민수가 숨이 막혀 죽을 뻔했대!" 엄마는 울먹이며 손바닥 매질을 했고, 동수는 어딘가가 꽉 막힌 듯 울음소리도 내지 못했다. 엄마가 홧김에 말을 보탰다 해도 다섯 살배기에게는 흰 덧옷에 청진기를 목에 건 의사의 우레 같은 직접 선고로 가닿았을 터였다. 네가 동생을 죽일 뻔했어! 동수는 그 뒤부터 민수 곁에는 갈 생각도 하지 않았고 관심을 끌려는 말썽도 피우지 않았다. 그러더니 얼마 뒤부터 말을 더듬기 시작했다. 엄마로서는 동수 오른쪽 턱에 생긴 백반증 하나로도 속이 심란하던 때였다. 그런 터에 말더듬이라는 병증 추가는 날벼락이었다. 엄마는 이제 말더듬증을 향해 신경질을 달고 살았고, 그럴수록 말더듬증은 기를 쓰고 동수에게 달라붙었다.

동수는 뚝뚝 눈물을 떨어뜨렸다. 동생과 비교당하거나 매맞는 것쯤이야 진작부터 문제도 아니었다. 다만 목욕 수건 기억은 늘 괴로웠다. 물론 그 눈물도 마른 지 오래였다. 소식이 끊긴 목소리를 향한 간절함이 오늘은 뜻밖으로 둑을 허물고 말았다.
"나이가 몇인데 등짝 좀 맞았다고 눈물을 빼? 너, 또 멋대로 결석하면 그땐 학원이고 뭐고 다 끊어버릴 거야. 알았어? 알았으면 들어가서 밀린 문제지나 풀어!"
방에 들어선 길로 동수는 카메라부터 꺼내 눈을 박고 들여다보았다. '왜 안 오시죠? 대체 무슨 일이죠?'
목소리는 렌즈에 시린 눈물기를 카메라 안에서 고스란히 감지했다. 동수를 찾지 않은 며칠간 목소리는 고민이 깊었다. 동수가 '소원'을 요구했을 때 한순간에 벼랑 끝에 선 심정이었다. 금이든 뭐든 뚝딱 불러내는 도깨비방망이 같은 능력이 자신에게 있을 리 없었다. 곧이곧대로 고백했다가는 그길로 관계가 끝나기 십상이었다. 실망에 빠진 동수가 만남 자체를 거부하게 되면 꿈속에 들어가더라도 반사 반응에 의해 떠밀려 나올 터였다. 그렇다고 거짓 약속을 할 수도 없었다. 거짓 약속만은 세상 사람 모두가 한다 해도 목소리로서는 용납되지 않는 선택이었다. 이러지도 저러지도 못하게 된 목소리는 다음 만남을 위해서라도 대충 얼버무리고 꿈속에서 나와야 했다. 머뭇대다가 상황만 더 꼬이게 만드느니 후퇴가 최선이었다.
'저렇게 애를 태우는데 궁리는 이제 그만해야겠어…….' 목소리는 동수 스스로 소원을 포기하게 할 질의응답 예문을 며칠째 궁리하던 중이었다.

동수가 여간해서 깊은 잠에 들지 못해 목소리는 한참을 기다려 꿈속에 들어왔다.
"동수야……."
"할아버지!"
"별일 없었지?"
"얼마나 기다렸는지 아세요? 왜 또 갑자기 나가셨던 거예요? 왜 며칠씩이나 안 오셨어요?"
동수는 마치 볼멘 응석을 부리는 아이처럼 숨도 안 쉬고 다그쳐 물었다.
"어쩌다 보니 그렇게 됐어. 상태가 안 좋았는지. 그 김에 며칠 쉬었지 뭐……."
"그럼 이제 괜찮아지신 거예요?"
"괜찮어. 그러니 왔지……."
"그래도 또 모르니까 오늘도 조심하세요. 안 좋으면 미리 말씀하시구요. 아셨죠?"
목소리가 대충 둘러대는 말에 동수는 마음을 다했다.
"그건 그렇고 동수야, 지난번에 소원 하나 들어 달라고 했었지? 그래, 어디 들어나 보자. 어떤 소원인지……."
간절했던 상황과 막상 맞닥뜨린 동수는 머뭇대느라 선뜻 입을 떼지 못했다.
"혹시 억만장자가 되고 싶다거나, 유명 연예인이나 운동선수가 되고 싶다거나, 투명 인간이 되고 싶다거나, 뭐 그런 소원이니?"
목소리가 눈치껏 운을 떼는데 동수가 폭소를 터뜨렸다. 필요 이상의 웃음이었다. 벅차오른 감정이 수습되지 않던 차에 목소리의 질문은 울고 싶은데 뺨 맞은 격이 돼준 셈이었다.
"할아버지, 제가 어린애예요? 밑도 끝도 없이 무턱대고 그런 걸 소원하게? 유치하잖아요!"
목소리는 난데없는 폭소 앞에서 긴장했고, 기쁨의 체증을 후련히 토한 동수는 마침내 거침이 없었다.

"할아버지! 운석, 아세요?"

"운석? 땅에 떨어진 별똥별 말이니?"

"맞아요!"

"당연히 알지. 한창때는 밤하늘 사진도 자주 찍으러 다녔으니까. 그건 왜?"

"그럼 설명이 필요 없겠네요. 그게 바로 제 소원이거든요. 운석이요!"

"운석을 갖는 게 소원이란 말이니?"

"네, 운석이 있는 장소를 알고 싶어요. 운석 중에서도 희귀운석으로 분류되는 것들이 있대요. 만약 운석에 화석까지 들어 있다면 역사적 사건이라는데, 그런 게 있기나 할까요? 아무튼 전, 희귀운석이면 충분해요!"

"운석에 대해 많이 아는 모양이구나……."

'소원'이 예상에서 크게 벗어나 목소리는 당혹스러웠다.

"많이 알진 못해요. 초등학교 때 우연히 운석 뉴스를 보게 됐거든요. 가슴이 다 뛰었어요. 그 뒤로 운석에 관한 글들을 찾아 읽었는데 대개가 해외 뉴스들이었어요. 운석헌터들이 진짜 부럽더라구요. 별똥별을 내 손에 쥐는 것만도 대단한 행운이잖아요. 근데 연구소 같은 단체나 거부들한테 넘기면 큰돈도 줄 수 있대요."

'큰돈? 그러면 그렇지!' 목소리는 그제야 한시름을 놓았다. 하루아침에 인생이 뒤바뀔 소원이리라는 예상은 결국 들어맞은 셈이었다. 이제 며칠 동안 준비했던 질의응답 예문들로 차근차근 설득하면 될 일이었다. 노력 없이 얻은 요행은 모래성 같아서 머잖아 무너져버리고 만다, 허망한 요행에 낭비한 시간은 무엇으로도 되돌리지 못한다, 노력의 결과도 값지지만 노력의 과정에서 얻는 배움은 값을 따질 수도 없다, 그 배움은 두고두고 나만의 자양분으로 내게 머물며 그다음 행로들을 도와준다 등등, 앞날이 길고 긴 청소년에게 건넬 격언이나 조언만 해도 한둘이 아니었다. 설득이 쉬울 리 없음도 모르지 않았지만 목소리는 본인의 대화력에 자신이 있는 편이었다. 타당하다 못해 상투적이라 낙인찍힌 말일수록 어떤 태도로 어떻게 전개하느냐에 따라 그 불변의 가치가 힘을 발휘하리라는 소신도 있었다.

"그런데 동수야, 큰돈이 왜 필요한 거니?"
"돈이야 당연히 필요하죠. 일단은 전, 운석이 좋은 거예요!"

"그야 알지. 그래도 동수야, 돈이란 건 문제가 달라서 그래. 돈은 사람들한테 언제나 큰 관심사잖니? 남이 가진 돈에도 얼마나 관심들이 많은지, 너도 잘 알 거야. 더구나 큰돈이라면 어떻겠니? 그 사람의 능력이나 동기 같은 조건이 더 문제시되겠지. 그래야 또 당당히……"

동수는 목소리가 말하려는 방향을 눈치채고 가차 없이 말을 잘랐다.

"할아버지! 돈은 누구한테나 필요하지 않나요? 제 경우는 우리집 때문이에요. 형편만 넉넉하면 우리집의 거의 모든 문제가 해결될 수 있어요. 엄마가 아빠한테 짜증내는 걸 들으면 이유는 거의 돈이에요. 우린 아직 집도 없어요. 맞벌이를 해도 해마다 오르는 집세며 생활비며 교육비를 감당 못 하겠대요. 엄마는 그 말을 입에 달고 살아요. 그런 소리 듣고 기죽는 아빠를 보는 게 얼마나 싫은지 아세요? 이 지긋지긋한 제 증세도 돈 때문에 치료를 못 받았구요……"

"증세라니? 어디 아픈 데라도 있니?"

"죽을병 아니에요. 어릴 때부터 말더듬증이 심해요."

"더듬다니? 이렇게 말을 잘 하는데, 무슨 소리야?"

"꿈이라서 이런가 봐요. 아무리 꿈속이라도 이렇게 원하는 대로 말할 수 있다는 게 믿어지지 않아요. 평소에는 전혀 이렇지 않아요. 말만 하면 혀뿌리를 뭐가 안에서 죽어라 잡아당기는 느낌이거든요……."
"앞으로 차차 나아지지 않겠니? 치료도 필요하겠지만……."
"앞으로 나아지다뇨? 제 나이가 몇인데요?"
"이제 겨우 고1인데 뭘……."
"겨우라뇨, 벌써 고1인 거죠. 다 자랐잖아요."
"그런가……."
목소리는 며칠 동안 준비한 질의응답 예문들은 꺼낼 엄두도 내지 못했다. 대화가 뜻밖의 방향으로 빗나가 예문은커녕 대답마저 잇기 어려웠다.
"초기에 안 고쳐준 엄마 아빠가 원망도 되지만 한편으론 이해도 돼요. 처음 한동안은 그냥 제가 나쁜 버릇을 들였다고 생각했나 봐요."
"그러셨겠지……."
"치료가 필요한 줄 알았어도 아마 못 했을 거예요. 그땐 형편이 더 엉망이었대요. 아빠가 제법 튼튼한 직장에 다녔는데 결혼한 뒤로 병이 생겨 관두셨대요. 아주 위험한 간염이었대요. 그러느라 빚도 많이 지고 저도 늦게 가지셨대요. 몸이 회복되고 나서 사진관을 차리신 거래요. 원래도 사진을 좋아했지만 아파서 요양할 때 배우셨대요. 아빠 친구가 권해서요. 엄마 말로는 그때 사진 찍는다고 여행 다닌 게 중독이 된 모양이래요. 아빠가 가끔 편두통이 심한데 투병 후유증 같대요. 며칠씩 계속될 때도 있어요. 스트레스가 심하거나 하면 그런대요. 그래서 엄만 아빠한테 화를 내다가도 속으로 덜컥 겁이 난대요. 이게 다 엄마가 툭하면 친한 친구한테 전화로 하소연하는 소리들이에요……. 사실 엄마 말이 틀린 건 없어요. 엄마가 돈 걱정 없이 살았다면 저한테도 신경을 썼겠죠. 그랬다면 이런 덜 떨어진 아들도 되지 않았을 테구요…….”
"덜떨어지다니, 네가 어디가 어때서?"
"위로 안 하셔도 돼요. 제가 안 보이셔서 그렇지, 턱에 백반증까지 있어요. 어릴 때 생겼는데 약을 써도 낫질 않아요. 난 치래나 뭐래나……. 거기다 학교 성적까지 전 밑바닥이거든요. 겨우 수학 하나 빼곤 다 엉망이에요. 한마디로 엄마 아빠한테 전 그냥 골칫덩인 거죠. 제가 부모라도 저 같은 자식은 아마 싫을 거예요."
동수는 자신의 상황과 집안 사정을 가감 없이 나열했다. 큰돈을 운운하는 청소년을 어른으로서 걱정하는 입장은 이해해도 속물 취급은 용납하지 않겠다는 항변이었다.

목소리는 이래저래 괴로웠다. 몇 날을 두고 궁리한 질의응답지가 동수 속사정 앞에서 허사가 된 것도 모자라 가슴 아픈 덤터기까지 떠안은 꼴이었다.

목소리는 그래도 혹시나 하고 대화의 방향을 틀어 보았다.

"수학을 잘하는 모양이구나. 대견한 일이야. 대강이나 눈속임이 안 통하는 과목이잖니? 똑 떨어지는 답이 반드시 있으니. 숫자며 기호를 붙들고 늘어져서 해결하는 지력은 다들 부러워하는 능력이잖어."

"다른 과목들에 비해 그냥 좀 낫다는 뜻이에요. 초등학교 때부터 담임들마다 제 성적표에 쓰는 평가가 다 거기서 거기였어요. 언어 장애, 억지박약, 우울, 고립 등등. 작년 담임은 저한테 대놓고 뭐랬는지 아세요? 그런 점들도 타고난 제 실력이래요. 절대 달라지지 않을 거란 뜻이죠······."

"설마 그 말을 믿는 건 아니지?"

"안 믿긴요, 사실인데."

"동수야, 살다 보면 절대 벗어나지 못할 듯이 막막할 때가 있어. 그래도 마냥 이어지진 않어. 돌아보면 어느새 벗어나 있더란 말이지. 하루하루 나름대로……"

연설은 사절이라는 투로 동수는 또 말을 잘랐다.

"할아버지. 제가 이 나이 먹도록 저한테나 우리집엔 그런 날이 온 적이 없어요."

"앞으로 오지 않겠니? 2학년 올라가고, 3학년 올라가고, 졸업하고……."

목소리는 도무지 말에 힘이 실리지 않아 우물거리다 말았다.

"아무튼 할아버지, 집안 사정 때문이니까 제가 돈 얘기 한 건 다른 쪽으로 걱정하실 필요 없어요. 저 그 정도로 바보는 아니에요. 그건 그렇고 할아버지, 운석을 갖게 되면 제가 제일 먼저 하고 싶은 게 뭔지 아세요?"

"뭔데?"

"전문가한테 운석의 일부를 잘라 달라고 해서 제 방의 한쪽 벽을 운석으로 장식하는 거예요. 얇게 저며서 병풍처럼 펼쳐놓는 거죠. 언제든 우주를 생생히 느끼게요……. 희귀운석이 있는 장소만 알려주세요. 시간이 걸려도 배낭여행을 준비할 거예요. 물론 저 혼자 가기 힘든 장소면 아빠랑 상의할 수도 있어요. 여행이라면 아빠가 더 좋아하겠죠. 그래도 마음 같아선 저 혼자 가고 싶어요. 혼자 가서 운석을 만나는 순간을 조용히

음미하고 싶어요. 운석 옆에 텐트를 치고 하루 묵으면서 밤하늘의 별들을 보는 거예요. 얼마나 멋질까요……. 채집이 가능하면서도 사람 발길이 닿기 힘든 장소면 좋겠어요. 제가 갈 때까지 그대로 있어야 되잖아요. 전단지라도 돌리고 배달이라도 해서 여비를 모을까 해요. 장소는 비록 할아버지한테서 듣겠지만, 그 장소까지는 제힘으로 가고 싶거든요!"

 목소리는 어느 드넓은 초원의 비밀스러운 한 귀퉁이를 그려 보았다. 그곳에서 오묘한 빛을 뿜는 운석 옆에 텐트를 치고 앉아 별을 헤아리는 소년의 모습을 상상했다. 평생 누구 못지않은 자부심으로 촬영했던 수많은 사진 속 풍경들, 그 모두를 통틀어 가장 아름다운 장면이었다. 할 수만 있다면 무슨 짓을 해서라도 소년에게 그 장면을 안겨주고 싶었다. 소년의 소원은 허무맹랑하지 않았다. 자신의 무능이 원망스러울 뿐. 오히려 자신은 산 자들보다 턱없이 무력한 존재였다. 고작 자그만 물건인 카메라에 끼이고 갇힌 것부터가 그 증거였다. 복사의식을 뽑아 내보내고 꿈속을 드나들어 봤자 보잘것없는 잔재주일 뿐이었다.
 설득에 실패한 만큼 소원을 들어줄 능력이 없다는 사실을 이제 고백해야 했지만 목소리는 용기가 없었다. 구체적인 계획까지 세운 운석의 소망이 물거품이 된 뒤에도 도움을 베풀지, 동수 속을 점칠 재간이 없었다. 십 대들의 미로 같은 감정의 굽이를 생각하면 더더욱 그랬다. 영혼세상을 포기하기 전에는 꺼낼 수 없는 고백이었다.

"그럼 제 소원이 뭔지도 말씀드렸으니까, 이제 일어나서 카메라 꺼낼게요. 카메라 뜯는 법은 지난번에 다 이해했어요. 걱정 안 하셔도 돼요!"

"동수야, 잠깐만……."

"네?"

"우리, 다음에 다시 자세히 얘기하자. 지금은 내 상태가 또 좀 불안해서 그래……."

"뜯기만 하면 되는데 잠깐만 참으시면 안 돼요? 바로 뜯을게요. 할아버……."

어느새 익숙해진 상황이었다. 동수는 목소리가 나갔음을 안 순간 부스스 깨어 일어나 진열장 쪽으로 맥없이 눈을 들었다. 허탈감 한편으로 부아도 치밀었다. 갑작스런 퇴장이 벌써 세 번째였다. 이런 식의 퇴장은 다시는 용납하지 않으리라 입술을 깨물었지만 어이없게도 부아는 금세 누그러들었다. '그렇게 잠깐도 못 참을 만큼 상태가 안 좋았을까? 다음에 자세히 얘기하자는 건 또 무슨 뜻이지? 무슨 얘기가 남았다는 거지? 할 얘긴 다 한 거 같은데…….'

 동수는 허무인지 허기인지 모를 텅 빈 기분으로 카메라를 꺼내 날이 밝도록 들여다보았다.

5

밤을 하얗게 샌 동수는 빈껍데기가 된 기분으로 하루 일과를 마치고 돌아와 방에 들어섰다가 그 자리에서 굳어버렸다. 진열장에 카메라가 없었다. 번개처럼 짚이는 게 있었다.
동수는 벌게진 얼굴로 엄마부터 불렀다.
"어어 엄마! 이이 이번에 온 카카 카메라, 어 어딨……"
"그건 니가 왜 물어? 오늘 용식 아저씨네 간다던데, 거기 가져갔겠지."
걸레질하던 엄마가 힐끗 쳐다보며 던진 대답은 동수의 짐작 그대로였다.
용식 아저씨는 아빠의 둘도 없는 친구면서 아빠를 사진의 세계로 이끈 사진사 선배이기도 하다. 용식 아저씨는 카메라를 분해해 각 부품을 다른 기종들과 비교하기를 즐겼다. 제조사별로 연식별로 미세한 차이를 찾아내 이미지를 찍고 설명과 소감을 붙여 저장했다. 아빠는 카메라를 새로 구하면 예외 없이 어느 하루 가져가 용식 아저씨와 함께 분해하곤 했다. 카메라가 그리로 갔음은 목소리가 용식 아저씨 손에 풀려난다는 뜻이었다. 즉 소원은 물거품이 됐다는 뜻이었다.

'내가 왜 그 생각을 못 했지? 왜 까맣게 잊었지? 안 그랬으면 방법을 생각했을 텐데…….' 시간을 되돌리고 싶었다. 이 무슨 장렬한 최후인지. 어서 다 잊고 싶어 동수는 저녁도 거른 채 일찌감치 이불 속으로 들어갔다. 원한다고 만만히 찾아올 잠이 아니었다. 말똥말똥한 눈으로 누워 있으려니 울렁증까지 일어 더 힘들었다. 큐브라도 돌려야 했다. 동수는 이불 속에서 나와 방문을 열고 엄마의 동태를 살폈다. 다행히 욕실에서 샤워기 물소리가 요란했다.

 큐브를 꺼내 조각을 뒤섞고 조각들의 위치를 익운 뒤 동수는 눈을 감았다. 마음이 산산이 깨진 지금은 블라인드 해법이 약일 것 같았다. 눈을 감고 천천히 돌리다 보면 안팎의 사물들이 느린 속도를 타고 침잠하며 새로운 눈 하나가 환히 뜨인다. 큐브의 조각조각이 또렷이 보이기 시작하면 고요의 환희가 마치 봄날의 꽃비처럼 감은 눈 속에서 나부낀다. 그 꽃비의 리듬을 타고 조각들이 맞춰진 큐브는 깊은 강바닥까지 내려가 건져

오는 자갈돌이다. 눈부신 햇살 속에서 손바닥을 활짝 펴고 내려다보는 반지르르 영롱한 자갈돌……. 그 환희에 안겨 다 잊고 싶었다. 목소리도 소원도.

다 잊으리라는 기대는 순진한 착각이었음을 동수는 곧 깨달았다. 눈가리개가 필요 없을 만큼 집중이 좋았던 블라인드였는데 공식들이 뚝뚝 끊기더니 더는 떠오르지 않았다. 손에도 머릿속에도 지문처럼 새겨진 공식이 새까맣거나 새하얗기만 했다. 아무리 애를 써도 그 중간조차 없었다. 잡았다가 놓쳐버린 소원은 무엇으로도 상쇄되기 어려운 모양이었다.

몇 번 더 시도하다 그만두고 동수는 다시 이불 속으로 들어갔다. '어쩜 올 거야……. 용식 아저씨 손에 풀려났어도 나한테 잠깐 들르긴 할 거야. 이제 온전한 영혼이니까 여기까지 오는 건 문제도 아니겠지? 올 거야…….'

어렵사리 잠들었다가 아침에 눈을 뜨면서 동수는 진열장부터 올려다보았다. 맨 위 칸은 여전히 휑했다. 귀가가 늦어진 아빠가 가방을 그대로 안방으로 들고 들어갔으려니 하며 동수는 뒤엉킨 생각들을 정리했다. '딴 사람 손에 풀렸다 해서 거기서 바로 영혼세상으로 갔을까? 그렇게 시간 가는 줄 모르고 속

사정을 나눴는데, 날 만날 생각도 안 하고? 카메라에서 풀리면 얼굴 보면서 인사 나누잔 말도 나한테 먼저 했었잖아. 맞아, 그냥 떠났을 리 없어. 풀린 게 사실이면 십중팔구 나한테 왔을 거야……. 그럼 어젯밤 꿈에 오지 않은 이유는? 아직 카메라 안에 있기 때문이고, 카메라가 안방에 있기 때문인 거지. 아저씨랑 아빠가 급한 볼일이나 어떤 이유로 카메라 분해를 못 했다면 충분히 가능한 얘기야!"

가정이 확신에 이르면서 동수는 또 다른 불안감에 휩싸였다. '분해하지 못했다면 혹시 카메라를 용식 아저씨 사진관에 두고 왔을까? 어차피 또 갈 거니까. 그랬을 수 있어. 아니어야 하는데…….' 동수는 카메라가 아빠 가방 속에 있는지, 그것부터 확인해야 했다.

새벽에나 귀가했는지 아빠는 아침 식탁이 차려지도록 안방에서 코를 골았다. 가방을 안방까지 들고 들어가는 아빠의 습관을 알면서도 동수는 혹시 몰라 거실을 살폈다. 역시 어느 구석에도 없었다. 엄마와 민수가 늘 그렇듯 대화가 만발한 식사를 즐기는 사이에 동수는 슬그머니 안방으로 들어갔다. 아빠는 한밤중이었고, 아빠 가방은 서랍장 위에 있었다.

동수는 살금살금 서랍장으로 다가가 소리 죽여 백팩 지퍼를 열었다. 카메라가 한눈에 들어왔다. 반가운 김에 카메라를 덥석 집어 올렸다가 도로 넣으려던 참이었다. 아빠가 끙 소리를 내며 몸을 뒤척였다. 동수는 놀라 돌아보다가 서랍장 모서리에 팔꿈치를 찧으며 카메라를 놓치고 말았다. 카메라는 일직선으로 방바닥에 내리꽂혔다. 꿍! 돌덩이 떨어지는 소리가 따로 없었다.

방을 울린 소리에 눈을 떴다가 허둥지둥 일어난 아빠는 카메라부터 집어 들었다.

"너 이거 무슨 짓이야! 카메라는 왜 던졌어! 엉?"

아빠는 쩌렁쩌렁 언성을 다했고, 엄마와 민수는 질겁한 얼굴로 튀어 들어왔다.

"왜 던졌냐니까! 말을 해, 말을!"

"꾸꾸꾸, 꾸꾸, 꾸꾸 꿈 때문에……"

"뭐? 꿈? 너 지금 꿈이라고 했어?"

그런 상황이라면 말은 혀뿌리 너머로 아주 사라지고 공포가 밀고 올라오지만 동수는 죽기 살기로 발음했다.

"이 녀석 이거 말도 안 통하고, 어떡해야 좋을지 모르겠네. 안 되겠다. 엎드려뻗쳐!"

동수는 부리나케 엎드려뻗쳐 자세를 했고, 아빠는 쿵쿵대며 보일러실로 가 플라스틱 파이프 하나를 들고 왔다.
"이 녀석 이거 바보 아냐? 카메라는 왜 던졌냐고 묻는데 꿈 때문이라니! 고등학생이나 된 녀석이 모자라도 이렇게 모자랄 수가 있냐고!"
아빠는 동수 엉덩이와 허벅지를 사정없이 내리쳤다. 잠깐의 틈도 없는 매타작이었다. 멍하니 보던 엄마도 민수까지 훌쩍거리기 시작하면서 말문을 열었다.
"그만 좀 해! 지금 애 입에서 제대로 된 대답이 나올 거 같애? 난 허구한 날 겪고 사는 사람이야. 당신은 겨우 카메라 좀 그랬다고 아침부터 이 난리야?"
"뭐? 겨우? 이 녀석이 지금 어쩌다 실수로 이런 거야? 가방 안에 있던 걸 작정하고 꺼내서 동댕이친 거라고! 내가 가만있게 생겼어? 겨우라니!"
아빠가 더 길길이 분개하자 엄마는 다급히 손사래를 쳤다.
"알았어, 미안해. 나도 속상해서 그만 참으란 뜻으로 한 말이야. 동수 너, 빨리 아빠한테 안 빌어? 아빠한테 카메라가 어떤 물건인지 몰라서 이딴 짓을 해? 어서 빌어!"
속에 찼던 말을 때도 모르고 뱉은 엄마는 불길이라도 잡듯 했다. 아빠는 엄마를 노려보다가 빈 벽을 향해 파이프를 힘껏 팽개쳐버렸다.

"카메라도 카메라고, 덜떨어진 소리에 내가 더 기가 차!"

울화를 삼키느라 쉰 목청으로 내지른 말을 끝으로 아빠는 세수만 하고 집을 나섰다. 출근 준비가 급했던 엄마는 동수를 따로 닦달하지 않았다. 민수가 제법 자랄 때까지 집에서 부업 작업을 했던 엄마는 몇 년째 근처 의료기용품점에서 계산대 일을 맡고 있다.

등굣길에서 동수는 줄곧 고개를 묻고 걸었다. 금방이라도 눈물이 쏟아질 것 같았다. 매는 엄마 몫이었다. 처음 경험한 아빠의 매는 달랐다. 군더더기 없이 매몰차기만 했다. 동수는 뼛속까지 욱신거리는 엉덩이와 허벅지보다 그 낯선 느낌이 더 아팠다.

6

하루 사이에 목소리는 탈출을 향한 의지가 덧없게만 느껴졌다. 십 년 만에 만난 행운은 아무리 생각해도 행운이 아닌 것 같았다. 긴긴 고통 뒤에 온 행운이라면 더욱 순간의 빛으로 와야 했다. 하물며 억지스러운 장해가 줄을 잇는 상황은 긴 세월 끈질기게 붙든 의지가 잘못이었음을 의미할지 몰랐다. 구사일생으로 다락에서 벗어나 최종 관문의 열쇠가 돼줄 구원의 손길을 만났지만 '소원'이라는 조건부에 막혀 밤낮으로 고민해야 했다. 그런 중에 이단기로 이동되더니 카메라가 분해되면서 풀려났지만 기쁨은 찰나에 끝나고 말았다. 모르는 장소에서 불시에 맞닥뜨린 탈출의 기쁨은 감정을 온통 휘저어 끔찍하게도 십 년 전 실수를 그대로 재현하게 했다. 게다가 다시 갇힌 위치는 전문가 손에나 풀려날 수 있는 지점이었다. 그런 끝에 안방에서 밤을 새게 된 일은 하늘이 준 또 한 번의 기회였다. 동수 아빠 꿈에 들어가 그간의 사정을 털어놓고 도움을 받으면 우여곡절이 단번에 해결될 터였으니. 물론 그마저도 실패로 끝나고 말았다.

아침에 동수가 아빠에게 당하는 매질을 가까이에서 감지하며 목소리는 간단히 결심했다. 구차한 생을 끝내기로. 결심한 순간부터 심정이 깃털처럼 가벼웠다. 진작 이런 결심을 왜 할 줄 몰랐는지 지난 십 년 세월에게 미안할 정도였다. 다만 한 가지, 동수가 걸렸다. 소원에 대한 동수의 기대를 그대로 둔 채 사그라질 수는 없었다.

동수가 느낄 배반감에 목소리가 그토록 매달리는 데에는 그만한 이유가 있었다. 반평생을 두고 가슴앓이를 한 옛 기억 때문이었다.

목소리는 사진 외에 특기가 또 있었다. 씨름이었다. 씨름판을 돌며 시합 장면을 사진에 담다가 발을 들이게 되었다. 외가로부터 물려받은 우량한 체력 덕분에 거창한 대회는 아니어도 마을 단위의 대회에서는 이름깨나 날리기도 했다. 그때마다 맞수가 된 상대는 서한수였다.

목소리와 한수는 둘도 없는 죽마고우 사이였다. 삶의 굴곡을 낱낱이 나누며 나이 먹은 둘은 각자 가정을 꾸린 뒤에도 변함

없이 사이가 두터웠다. 목소리는 씨름에 빠지기 무섭게 한수를 끌어들였다. 한수도 체력에 있어서는 만만치 않았다. 농사일과 함께 약초꾼을 겸했던 부친이 산에서 사고사를 당한 바람에 그 두 가지 일을 잇다 보니 근력이 남달랐다. 장남이었던 목소리 또한 사업에 실패한 부친이 울화병으로 세상을 떠나 대학 진학도 포기하고 사진 기술로 가족을 책임지던 터였다. 그렇듯 집안 사정까지 비슷했던 둘은 여러모로 끈끈할 수밖에 없었다. 그런 둘에게 씨름은 쏠쏠한 위안거리였다. 씨름판에서는 서로에게 마음껏 냉정해도 된다는 점은 씨름이 둘에게 주는 통쾌한 즐거움이기도 했다. 코흘리개 때부터 허물없었던 둘에게는 사사로움을 떠나 승패에만 열중하는 시합이 부담은커녕 신선한 활력소였다. 한 해에 몇 번 정도로 사정에 따라 참여하는 여기 활동이어서 씨름은 둘이 생계에도 별 지장을 주지 않았다.

사건의 발단은 둘 다 서른여섯이던 해의 단오절 대회였다. 대회 전날 밤이었다. 막 잠자리에 들었던 목소리는 방문 밖에서 흘러든 한수 말소리에 놀라 일어났다. 충분히 자야 하는 대회 전야여서 뜻밖이었다. 칠흑의 어둠을 이고 마당에 서 있던 한수는 목소리가 마루에서 내려서자 사립문 밖으로 묵묵히 앞서 걸었다.

 밖으로 나와 울타리를 등지고 쪼그려 앉은 한수는 연달아 한숨을 내쉬다가 입을 열었다. "두섭아. 아마 내일도 너랑 내가 결승에 오르지 싶다. 올해도 출전자들이 고만고만하잖니. 내년엔 물갈이가 좀 될 테고……. 이번에도 난 널 이길 자신이 없어. 너 알잖아. 내 체력이 근래에 말이 아닌 거……. 그래서 널 이기고 싶은 생각조차 없었는데 엉뚱한 고민이 생겼다……."
한수는 그즈음 딱 한 번 올랐던 결승전이 대회 성과의 전부였다. 두 해째 병명도 없이 시들시들 앓는 여섯 살짜리 막내딸 때문에 심신이 엉망이었다. 마을 남자들이 눈총을 줄 만큼 자식 사랑이 유별났던 한수로서는 막내딸로 인한 냉가슴도 남다를 수밖에 없었다. "요즘 들어 부쩍 혜숙이가 밥을 못 넘기는 거야. 몇 술이라도 먹일 욕심에 얼마 전엔 실없는 소리로 달랬지 뭐냐. 밥을 잘 먹어야 이 아버지처럼 기운 센 사람이 된다고. 그 말끝에 혜숙이가 갑자기 새끼손가락을 내밀더니 약속을 하라는 거야. 무슨 약속이냐고 물었더니 이번 씨름에서 꼭 송아지를 타 오라 뭐야. 올해 일등상은 송아지라는 말을 얻어들었나 봐. 송아지만 타 오면 밥도 잘 먹고 자기가 엄마 소도 돼주고 친구 소도 돼주겠대나. 방실방실 웃는 모습이 얼마

만이었는지 몰라……. 그럼 송아지를 사주면 되겠냐고 물었지. 그랬더니 그건 또 싫다지 뭐니. 일등상으로 받은 송아지여야 자랑스럽다는 뜻이었겠지. 애기인 줄만 알았더니 앓는 중에도 생각은 자란 모양이야……. 그날부터 하루도 안 빠지고 나한테 손가락을 새로 걸고 있어. 하루하루 고민이 깊어지더라. 언제 목숨 끊어질지 모르는 어린 딸자식이 소원이라며 그렇게 손꼽아 기다리니……. 어제는 보니까 두 손 모으고 종알거리면서 기도까지 하지 뭐냐. 이걸 어쩌나 싶더라……. 할 말이 아닌 줄 알면서도 결국 이렇게 찾아왔다. 두섭아, 내일 나한테 져줄 수 있겠니? 송아지 값은 뒤로 줄게. 이런 소리…… 정말 부끄럽고 면목 없다……." 말을 마치며 한수는 무릎 사이에 얼굴을 묻었다.

목소리는 주먹으로 힌수 어깨를 툭 쳐서 밀었다. "미련한 놈, 바로 말을 하지 혼자 그 맘고생을 했냐? 시합이 이번만 있는 것도 아니잖어. 이번이 끝이라 해도 난 상관없어. 그리고 너, 어떻게 송아지 값을 입에 담냐? ……한수야, 올해도 우리가 꼭 결승에서 붙으란 법은 없어. 그래도 만약 우리가 결승에서 붙으면, 한수야, 사람들 속이는 건 죄스럽지만 이번만 우리 눈 딱 감자. 응?" 목소리는 제가 도리어 주동하는 입장에서 한수를 다독였다. 둘은 어떻게 시합을 펼칠지 두런두런 의논한 뒤에 헤어졌다.

단옷날의 아침이 밝아 샛강 모래사장은 북새통 속이었다. 이웃한 마을 네 군데가 참여하는 그 대회는 해당 마을 사람에게만 출전 자격을 주었다. 일찍이 도시로 나가 의류 사업으로 큰 부자가 된 그곳 마을 사람이 상품을 비롯해 대회 비용 일체를 후원했다. 인심 좋기로 소문이 자자한 대회여서 주변 마을에서도 구경꾼들이 제법 꼬였다. 그들에게도 국수 한 그릇, 빈대떡 한 사발이라도 돌아가게 했고 아이들 군것질거리도 빠뜨리지 않고 풍성하게 준비했다. 상품은 자전거, 그릇 세트, 벽시계, 침구, 화장품, 굴비, 속옷 등 해마다 다양했는데 등수에 들지 못한 참가자들에게 주어지는 상품도 결코 초라하지 않았다. 일등에게는 일등상 외에 나머지 상품 중에서 한두 가지가 더 주어졌는데 그해 처음으로 송아지가 특별상으로 추가되었다. 후원자 가정에 첫 손자가 태어난 기념이었다. 당연히 사람들의 관심은 여느 해보다 높았다. 시합을 기다리는 동안 남자들은 유별스레 서로 장난을 걸거나 시비를 걸며 흥을 만끽했고, 군데군데 피운 불 앞에서 음식을 익히는 여자들의 수다도 떠들썩하기가 장터보다 더했다.

시합 진행은 한수와 한마을에 사는 최영감이 맡았다. 네 마을 중 하나인 그 마을이 후원자의 본적지였다. 고령의 최영감은 한 해도 진행을 거른 적이 없었다. 그만큼 몸도 정정했고 정신도 또랑또랑한 노인이었다. 대진표도 최영감이 심사숙고해 손수 짜고 작성했다. 조를 나누어 단판제로 올라가다가 결승전에서 3판2승제로 마무리하는 시합 방식이었는데 최영감은 심판의 공정성에 있어서도 불만을 산 적이 없었다. 예상대로 이변은 일어나지 않아 목소리와 한수가 결승에서 맞붙게 되었다. 지난밤 둘이 세운 계획은 '한 판씩 나눠 이기다가 마지막 판에 목소리가 지면서 한수가 승리한다.'였다.

목소리가 지기로 한 첫째 판이었다. 최영감의 신호에 따라 둘은 마주 꿇어앉아 서로의 샅바를 움켜쥐었다. 둘 사이에 흐르는 내밀한 긴장감은 구경꾼들에게는 전에 없던 승부욕으로 가닿아 한눈파는 사람이 없었다. 둘은 샅바잡기부터 일어서기까지 걸림이 없었다. 거짓 시합을 한다는 압박감 속에서도 둘은 워낙 한몸처럼 익숙해 손발이 척척 맞았다. 최영감의 시작 호각과 동시에 목소리는 한수 왼 다리에 안다리를 걸었다. 한수는 왼 다리에 온 힘을 실어 아슬아슬 버티다가 순식간에 오른 다리를 들어 목소리를 잡치기로 되받아 넘어뜨렸다. 한수가 어떤 맞대응을 펼칠지, 목소리가 어떤 끝내기를 펼칠지, 저마다 저울질했던 구경꾼들은 한숨을 토하기도 하고 함성을 지르기도 했다.

목소리가 이기기로 한 둘째 판이었다. 샅바를 잡고 일어선 둘은 좀처럼 자세를 잡지 못했다. 첫판을 걸림 없이 잘 넘긴 둘은 어느 순간부터 슬며시 최영감이 신경 쓰였다. 짜고 하는 시합임을 귀신같은 최영감은 눈치챌지 모른다는 조바심이 끼어들면서 연거푸 실수가 나왔다. 최영감은 깐깐히 자세를 지적하며 호통도 치고 다독이기도 하다가 마지못해 시작 호각을 불어주었다. 맞붙는 동시에 한수는 목소리를 들배지기로 들어 올렸다. 공중으로 들린 목소리는 날쌔게 왼 다리를 모랫바닥에 박아디디며 한수 샅바를 당겨 거머쥐고 되치기로 한수를 자빠뜨렸다. 한수의 들배지기나 목소리의 되치기나 씨름의 정석을 아낌없이 보인 솜씨였다. 구경꾼들의 찬사와 박수갈채는 눈속임을 하는 둘의 죄책감을 덜어주기에 충분했다.

목소리가 지기로 한 마지막 판이었다. 시작 호각이 울린 뒤에도 둘은 맞붙지 않고 한동안 신경전을 벌였다. 마지막 판인 만큼 구경꾼들에게 감질과 재미를 좀 더 주겠다는 둘의 계산이었다. 둘은 샅바를 멀찍이 마주 쥔 채로 당겼다가 빠지곤 하며 다양한 동작으로 여섯 바퀴를 돌았다. 계획했던 여섯 바퀴가 다 찬 순간에 한수는 목소리를 낚아채듯 당겨 올려 곧장 배지기로 들어갔다. 한수의 배지기에 목소리는 기우뚱 넘어지려다 말더니 오른 다리를 한수의 왼 다리 안쪽에 꽂아 걸었다. 한수는 손쓸 틈도 없이 중심을 잃고 넘어졌다.

한수는 얼이 빠져 일어설 줄을 몰랐고, 목소리는 하나씩 지워지는 풍경들을 내다보며 주저앉았다. '내가 무슨 짓을 한 거지? 한수 배지기에 내가 넘어가야 했잖아!' 최영감이 "박두섭 승리!"를 외친 것도, 최영감 손짓에 따라 한수와 목례를 나눈 것도, 사람들이 다가와 축하의 말을 건넨 것도, 그다음 상황들도, 목소리는 안개가 자욱한 꿈길의 일로만 느껴졌다. 무엇 하나 기억에서 선명하지 않았다.

시합 다음 날 한밤에 목소리는 송아지를 끌고 한수를 찾았다. "용서해라. 나도 모르게 나온 실수였어. 내가 미쳤지……. 이 송아지는 혜숙이 몫이니까 받아주라. 부탁이야, 응?" 한수는 눈에서 불꽃을 튀겼다. "너, 끝까지 이럴래? 송아지를 받으라고? 혜숙이 소원은 내가 이기고 타 온 송아지였어. 그걸 몰라서 그런 말을 하니? 나한테 지는 꼴을 보이고 싶지 않았겠지. 작년에 벌써 내 힘이 그전 같지 않다는 걸 다들 눈치챘을 테니 그런 나한테 지는 게 망신스러웠겠지. 넌 이런 생각을 한 모양이다. 시합을 이기는 대신 송아지를 줘버리면 되겠다고……. 누굴 탓하겠냐. 그런 부탁을 한 내가 한심한 놈이었지. 그래도 싫으면 싫다고 했어야지, 날 이렇게까지 비참하게 만들어야 했니? 이제 우린 여기까지다. 가라!" 한수는 가래침을 뱉듯이 가라!를 내뱉고 들어갔다.

 목소리는 어둠 속에서 송아지를 내려다보았다. 마당에 매 두고 갈까 했지만 한수의 자존심을 생각하면 할 짓이 아니었다. 길이 잘 든 송아지는 눈치가 빤한지 목소리 허리께에 머리를 들이대고 조용했다. 목소리는 어둠을 두르고 송장처럼 서서 머물렀다. 친구를 잃는 건 그래도 인연의 끝이려니 여길 수 있지만 친구로부터 찍힌 배반의 낙인은 어떻게 견뎌야 할지 알 수 없었다. 더욱이 삶의 안뜰과도 같았던 친구로부터……. 목소리는 그 밤의 어둠 속에 언제까지든 깜깜히 잊힌 존재로 머물고 싶었다.

 그 뒤 목소리가 며칠에 한 번꼴로 찾아가 매달렸지만 한수는 갈수록 더 냉랭했다. 나중에는 목소리가 보이기만 해도 자리를 떠버렸다. 결국 목소리가 한수를 찾는 발길을 완전히 끊은 지 반년이 조금 넘었을 때였다. 읍내에 위치한 자신의 사진관 앞에서 비질을 하던 목소리가 손을 멈추고 신작로 저편을 내다보았다. 트럭 하나가 먼지를 일으키며 달려오고 있었다. 막내딸 병세에 좋다는 약마다 다 구하느라 이제 팔아 치울 땅뙈기도 없다는 한수네 소문을 들은 뒤부터 한수가 어쩌면 고향을 떠날지 모른다는 예감이 꿈틀대던 참이었다. 목소리의 그 예감은 적중했다. 트럭이 전봇대를 하나씩 뒤로 넘길 때마다 조수석에 앉은 얼굴이 또렷해지며 다가왔다. 막내딸 혜숙이를 품에 보듬은 한수였다.

트럭이 사진관 앞을 지날 때까지 목소리는 꼼짝하지 않고 서서 한수만 바라보았다. 눈이라도 마주치기를 바랐지만 한수는 고향을 등지는 비장한 기색도 없이 먼 산만 내다보았다. 한수 눈빛은 늦가을의 그 황량한 산보다 더 황량했다. 트럭 짐칸에는 한수의 부모와 아내와 아들딸 셋이 짐 보퉁이들 사이에 또 다른 보퉁이처럼 끼어 앉아 남의 눈을 피해 서로 끌어안고 속살거렸다. 목소리는 트럭이 먼지를 흩뿌리며 사라진 길 위에 시간을 잊고 서 있었다.

그날 목소리의 기억 속에는 지울 길 없는 얼굴 하나가 새겨졌다. 앙상하고 파리했던 어린 얼굴, 한 줌 지푸라기 같아 무게도 온기도 느껴지지 않았던 혜숙이의 얼굴이었다. 한수 품에 안겼던 그 얼굴은 그 순간부터 목소리의 남은 삶을 드리우는 그늘이 되었다. 왜 하필 비질하던 시간에 딱 맞춰 트럭은 지나갔으며, 왜 하필 트럭이 지나는 시간에 딱 맞춰 비질은 했는지, 시간의 그 일치가 목소리는 생각할수록 원망스러웠다. 한수를 찾는 발길을 어렵사리 끊은 마당이어서 그 일치가 더 지독히 미웠다. 몰아치듯 시작되고 끝나는 한판 시합에서 충분히 벌어질 만한 실수였다고, 고의가 아니었으니 사실은 미안할 일도 아니라고, 어찌 보면 내가 더 큰 피해자라고, 한수를 향해 홀로 삿대질로 시비하다가 결국 미련을 잘라 낸 마당이었다. 몇 달간 수시로 찾아가 입이 마르게 용서를 빌었지만 끝까지 말대답 한 번 주지 않는 한수를 더는 참아 낼 배알이 없었다. 그 외로운 속앓이 끝에 내린 결단이 시원하기도 했던 참인데 한수 품속의 혜숙이를 본 순간부터 마음은 다시 나락으로 지고 말았다. 어떤 변명도 가질 수 없었다. 자초지종을 떠나 오롯이 자신이 죄인이었다.

목소리로서는 동수의 소원을 혜숙이와 연결 짓지 않을 도리가 없었다. 들어줄 수 있었던 소원을 들어주지 못한 죄를 반평생 지고 살았는데, 이제는 들어줄 수 없는 소원을 기대하게 한

죄를 질 판이었다. 다시는 지고 싶지 않은 짐이었다. 소원을 들어주지 못함이야 능력 밖의 일이니 어쩔 수 없었다. 다만 배반감, 속았다는 배반감만은 동수 기억에 남길 수 없었다.
  목소리는 어서 밤이 되기를 기다렸다. 동수를 만나 한시라도 빨리 실토하고 싶었고, 한시라도 빨리 소멸의 길을 가고 싶었다.

7

매질을 당하고 등교했다가 어둑해져 귀가한 동수는 진열장에 다시 놓인 카메라를 물끄러미 올려다보았다. 꺼내 들여다 볼 마음은 일지 않았다. 반복될 절망이 이제 정말 싫었다. 목소리가 아직 카메라에 있을지 모른다는 가정이 혹시 틀렸다면 어차피 다 끝난 일이기도 했다. 잠들어 보면 알게 될 뿐, 희망할 기운도 없었다.

동수는 마지못해 씻고 마지못해 밥을 먹고 꽉 찬 쓰레기봉투를 마지못해 대문 밖에 내놓고 잠자리에 들었다. 드러누우니 엉덩이와 허벅지에서 솔솔 통증이 살아났다. 욱신거리는 통증은 안 그래도 잠들기 힘든 눈꺼풀을 더 방해했다. 한참을 이쪽저쪽으로 뒤척이던 끝에야 동수는 가까스로 잠들었다.

꿈에 들어온 목소리는 한동안 동수 숨소리만 들었다. 오동수. 짧은 만남이었지만 지난 십 년 세월의 깊이보다 덜하지 않았다. 세상 누구도 모르는 고통을 유일하게 나눠 가진 벗이었고 소멸의 순간에도 곁에 있어줄 벗이었다.

목소리는 산들바람을 들이켜듯 동수의 숨을 느끼다가 나지막이 불렀다.

"동수야, 나다……."

"……할아버지세요?"

"많이 궁금했지?"

"그럼요……."

감격의 눈물 바람을 해도 모자란 순간이었지만 동수는 잔잔했다. 지친 심신이 기쁨의 무게를 못 이기는 듯.

"지금 카메라에 계시나요? 아니면……."

"풀려났다면 내가 너한테 보이지 않았겠니?"

"그럼 정말 이 쪽 카메라에 게신 건가요? 분해하지 않았을지 모른다고 생각했는데, 정말이네요? 무슨 얘긴가 하면요, 아빠가 카메라를 아빠 친구한테 가져갔었어요. 같이 분해해 본다고. 이동됐던 상황은 아시죠?"

그제야 동수는 말투에 생기를 실었다.

"물론이야. 그런데 왜 분해를 안 했을지 모른다고 생각했니?"

"풀려나셨다면 저한테 오실 거라고 생각했어요. 어젯밤엔 카메라가 안방에 있어서 못 오셨던 거고."

"그런 생각을 했구나. 네 말대로 어디에서 풀려났든 이동만 가능하면 널 보러 왔겠지. 사실은, 아빠 친구가 카메라를 뜯긴 했어."

"정말요? 그럼 왜……."

"다시 갇혀버렸어."

"다시 갇히다뇨? 무슨 말씀이세요?"

"생각도 못 했다가 갑자기 풀리고 보니 정신이 하나도 없었지 뭐니. 앞뒤 살필 새도 없이 무작정 날아올랐어. 어딘가에 부딪치는 느낌이 들었지만 그냥 치고 올라갔어……. 잠깐 기절을 했었나 봐. 정신 차려 보니 다시 카메라 안이었어."

"아니 대체 어쩌다가요?"

"렌즈를 향해 날아든 거야. 그 사람이 분해할 때 옆에서 네 아빠가 렌즈를 손에 쥐고 있었던 모양인데, 그만 그리로 직행한 꼴이었어. 이번에도 전속력으로……."

동수는 적당한 대답이 떠오르지 않았다. 십 년 전의 참혹한 실수를 거의 판박이로 되풀이한 심정이 어땠을지, 짐작이 잘 되지 않았다.

"어떻게 그런 일이……. 그래도 할아버지, 상관없잖아요. 당장이라도 제가 뜯으면 되는데요 뭘. 그 순간은 충격이 크셨겠지만 잊어버리세요!"

"이제 넌 못 뜯어. 새로 갈힌 위치는 전문가 손으로나 가능해. 렌즈 사이로 들어왔거든."

"거긴 왜 아무나 못 뜯어요?"

"렌즈 분해는 간단하지 않아……. 어쨌든 위치도 안 좋게 바뀐 참인데 어젯밤을 안방에서 보내게 됐잖니? 얼마나 다행이었는지 몰라. 아빠 꿈에 들어가서 도움을 청하면 되니까."

"그럼 그것도 문제가 있었나요?"

"실패했어. 내가 원한다고 아무 꿈에나 드나들 수 있는 게 아니었어. 네 아빠 뇌리에 부딪치기만 했어. 도무지 날아들 수가 없더구나. 왜 그럴까 하고 네 엄마한테도 시도했지만 마찬가지였어."

"왜 그렇죠? 제 꿈엔 이렇게 쉽게 오시는데."

"혹시 애와 어른의 차이일까 해서 꼬마한테 해 봐도 마찬가지였어."

"제 동생도요?"

"밤새 다들 꿈쩍도 안 했어."

목소리는 벌어졌던 일을 순서대로 빠짐없이 설명했다. 동수로 하여금 나중에라도 기억의 퍼즐을 맞추려 어느 빈구석을 붙들고 혼자 애쓰게 하고 싶지 않았다.
"걱정하지 마세요. 렌즈 분해가 뭐 그렇게 대단한 일이겠어요? 제가 내일 알아볼게요."
동수는 목소리가 카메라 안에 무사히 있는 만큼 낙담은 되지 않았다. 카메라 수리점에 맡겨도 될 일이었다. 하루나 이틀쯤 아빠 눈을 피하는 문제와 비용이 걱정이지만 인터넷을 뒤지면 사정에 맞는 방법을 찾게 될 것 같았다.
"그보다 동수야, 내가 할 말이 있어."
"저한테요?"
"그야 당연히 너지……."
"무슨 말씀인데요?"
"소원. 네 소원에 대해서……."
동수는 문득 불안했다. 중차대한 사건을 전하면서 말투도 태도도 지나치게 평온한 목소리가 생소하던 참이었다.
"처음부터 정직해야 했어. 이제 와서 말하려니 부끄럽기 짝이 없구나. 미안하다……."
"뭔데 그러세요?"
"사실 난, 소원을 들어줄 능력이 없어. 전혀. 나로선 불가능한 재주야······."

"······."

"넌 내가 자유로워지면 충분히 그런 능력을 발휘할 거라고 생각했을 거야. 그런데 아니야. 그게 가능하다면 어떤 일이 벌어질까? 몸을 떠난 영혼마다 남은 가족을 위해 다들 온갖 재주를 피우지 않겠니? 언제 어디서든 인간사에서 그런 일은 없었어. 당연해. 애초에 불가능한 일이니까······."

"······."

"사실을 고백하면 네가 날 더 이상 상대해주지 않을 거라고 생각했어. 탈출이 소원이다 보니 정직할 용기를 내지 못한 거야. 정말 미안하다······."

얼굴을 덮치는 후끈한 열기. 동수는 그 뜨거운 수치심이 무엇보다 당황스러웠다. 소원이 날아간 좌절감은 그다음 문제였다. 애를 끓이며 목소리를 기다리고 소원에 들떴던 순간들이 스쳐 지나갔다. 바보. 아무리 덜떨어졌어도 그렇지, 그런 소원이 가능하다고 믿었던 거니? 그걸 믿고 그렇게나 부풀었던 거니? 한순간이라도 의문을 가져야 했던 거 아니니? 자책만 들 뿐, '소원'은 애초부터 불가능했다고 말하는 목소리에게는 화가 나지 않았다. 그동안 목소리가 왜 애매모호한 말을 흘리며 얼버무렸는지, 왜 갑자기 꿈에서 나가곤 했는지, 이모저모가 이해되면서 목소리가 안쓰럽기까지 했다.

"정말 미안해……. 탈출만이 다가 아니었는데 너만 힘들게 했어……."

"네? 탈출이 다가 아니었다구요?"

"돌아보니 꼭 그래야 했나 싶어서……."

"탈출이 중요하지 않았다는 말씀이세요, 지금?"

목소리가 한탄처럼 건넨 말이 정작 동수 속에 불을 질렀다.

"중요하지 않았다는 게 아니야. 긴 세월 그렇게 끈질기게 매달려야 했었나 싶은 거지."

"그 말이 그 말 아닌가요? 탈출을 위해서 십 년이나 그 고생을 견디셨잖아요. 근데 매달릴 일이 아니었다구요? 왜 그런 식으로 말씀하세요? 왜 갑자기 암호 같은 말씀을 하세요?"

동수는 목소리의 그 말만은 용서할 수 없었다. 목소리 본인의 십 년 세월은 물론, 둘의 만남까지 싸잡아 하찮게 만드는 발언이었다. 물거품이 된 소원은 한심했던 자신 탓으로 돌린다 해도.

"암호 같긴. 너한테 거짓말까지 하면서 매달린 내가 과연 옳았을까 싶었던 거야……."

"결국 또 그 말이 그 말이잖아요. 그럼 다른 길이라도 있었나요? 제 도움이 필요하신 사정을 제가 다 아는데, 왜 그렇게 말씀하세요? 그러니까 암호 같다는 거예요. 저한테 미안해서 이러세요? 아무리 미안해도 그렇게 말씀하시는 건 아니죠. 그럼 난 뭐였어요? 난 뭐였냐구요!"

"………."

"부탁이니까 미안해하지 마세요. 할아버지가 먼저 소원 하나 들어주겠다며 절 꼬신 것도 아니잖아요. 모자란 제가 헛꿈을 꾼 거죠. 근데 틀리셨어요. 처음부터 털어놨어도 전 풀어드렸을 거예요. 정직하기 힘드셨던 마음은 이해해요. 그래도 그렇지, 정말 섭섭해요. 안 그랬으면 제가 운석이니 뭐니, 그 찌질한 소리들은 늘어놓지 않았을 거잖아요!"

"………."

"소원에 푹 빠졌던 건 사실이에요. 그래도 제가 할아버지를 기다린 이유는 그게 전부는 아니었어요. 할아버지를 만나는 것만도 좋았다구요. 더듬지 않고 주눅 들지 않고 맘껏 대화할 수 있어서 살 것 같았어요. 그게 저한테 얼마나 대단한 자유인지 모르시죠? 말도 마음도 통하는 할아버지랑 평생 꿈속에서 얘기만 나누고 살아도 좋겠다는 생각까지 했었다구요!"

동수는 절절히 쏟아붓던 속말을 뚝 끊었고, 목소리는 비탄 섞인 숨소리만 뿜었다.
곧 동수가 아무 일 없었던 투로 입을 열었다.
"할아버지, 아침에 일어나면 방법을 찾아볼게요. 하루만 기다리세요. 분해할 방법이 왜 없겠어요. 아셨죠?"
목소리는 그만 끝내기로 했다. 몇 초라도 더 머물수록 동수만 힘들게 할 뿐이었다.
"고맙구나……. 동수야, 잘 들어 둬. 난 소원은 못 들어주지만 네 속은 깊은 데까지 느낄 수 있어. 넌, 그 깊이에 보석을 숨기고 있는 원석이야. 누가 뭐라든 비관도 포기도 하지 말어. 너 자신을 중하게 여기고 꽉 붙들어. 꼭 그래야 한다."
"할아버지, 뻔한 위로 좀 그만하세요. 지금은 그런 말씀이나 하실 때가 아니잖아요. 하루만 기다리세요. 아셨죠?"
"내 말 잊지 마. 꼭……."
"잊지 말긴요, 하루만 기다리시라니까!"
목소리는 동수에게 소멸을 택했다는 말은 하지 않았다. 시간만 끌 뿐, 어차피 곧 알아챌 일이었다.
목소리는 곧바로 생의 의지를 꺾었다. 사그라지는 현상에 대해서는 고향집 다락에서 무던히 경험한 터라 의심의 여지가 없었다.
 세상이 뚝 끊긴 정적이었다. 동수는 따귀라도 맞은 듯 알아챘다. 너무 힘들어 삶을 포기하려는 순간에도 영혼이 급속히 사그라들더라는… 영혼에게는 사그라짐이 곧 죽음이더라는… 목소리의 말이 기억났다. 그러고 보니 목소리가 마지막으로 건넨 말도 이별 앞에서나 할 만한 말이었다.
 "안 돼요! 할아버지! 할아버지!"
 동수는 몸부림으로 깨어 일어나 형광등을 켜고 진열장에서 카메라를 꺼냈다. '조금만 기다리세요. 제발 조금만요…….' 동수는 책상 서랍에서 가위를 꺼내 렌즈를 내리치기 시작했다. 딱! 딱! 딱! 가위가 렌즈에 부딪는 소리보다 방바닥의 둔탁한 울림이 더 요란했다. 동수는 급히 요를 여러 겹으로 접어 그 위에 카메라를 올리고 다시 내리쳤다. 힘이 약한 문구용이어서 가위는 긁은 자국만 내고 렌즈 표면에서 자꾸 미끄러졌다. 동수는 가위를 팽개치고 진열장 서랍에서 굵은 드라이버를 꺼내 다시 내리쳤다. 내리치는 횟수가 대여섯이 넘어가면서 콕콕 찍힌 자국이 나더니 하얀 유리 가루가 솟아올랐다. 이제 깨지려나 했지만 아니었다. 아무리 내리쳐도 유리 가루만 폭폭 솟아날 뿐이었다. 동수는 드라이버를 팽개치고 아예 망치를 꺼냈다. 꽝!— 꽝!— 소리가 꽤 육중했지만 두텁게 접은 요가 울림을 제법 흡수해 안방 식구들은 여전히 취침 중이었다.

꽝!— 꽝!— 꽝!— 다섯 번째 내리쳤을 때였다. 여러 장이 층층으로 조합된 렌즈가 안쪽에서부터 순서대로 박살 나더니 정작 망치가 닿은 겉장이 맨 마지막으로 와르르 무너져 내렸다. 렌즈에 연결된 조절링까지 모조리 두들겨 부순 뒤에야 동수는 망치를 내려놓았다. 깨져 부서진 잔해들……. 사색이 된 아빠 얼굴이 비로소 눈앞을 가로막았다. 동수는 황망히 가방을 둘러메고 한밤의 도망자가 되어 집을 빠져나갔다.

8

 동수는 집에서 멀어지겠다는 생각 하나로 발 닿는 대로 달렸다. 숨도 차고 더 이상 어디로 가야 할지 몰라 달음질을 멈춘 곳은 자그마한 24시 편의점 앞이었다. 때마침 술에 취해 건들대며 오던 운동복 차림의 남자가 바로 앞에 멈추더니 대놓고 훑어보았다. 눈을 부라리는 본새가 기어코 시비를 걸 기세였다. 목덜미라도 잡혀 어디로 끌려갈 것만 같아 동수는 한달음에 길을 건너 삼 층짜리 낡은 건물로 뛰어 들어갔다. 지하층으로 이어진 계단을 내려가니 태권도장이 있었다. 혹시나 하고 출입문 손잡이를 돌려 봤지만 철통같았다. 동수는 도장 출입문 바로 앞까지 이어진 마지막 계단에 웅크리고 앉았다. 앉자마자 카메라의 부서진 잔해가 앞에 차려진 밥상처럼 떠올랐다. 동시에 아빠의 비명이 왕왕거리며 귀청을 울리더니 시멘트 계단의 냉기를 타고 몸까지 떨리기 시작했다. 동수는 목소리와 함께했던 꿈속 시간을 반복 재생하며 뜬눈으로 계단 앞

태권도장을 지켰다.

 날이 밝자마자 동수는 건물에서 나와 대로를 따라 걸었다. 광장 처럼 널따란 사거리를 서너 군데 지나 눈에 들어온 지하철역은 집 동네에서 한참 먼 환승역이었다. 지하철도 버스도 타기 싫었다. 정류장 벤치에 잠깐 앉아 쉬는 동안에도 버스 안에서 내려다보는 눈길들이 속사정을 꿰뚫는 것 같아 거추장스러웠다. 두 발로 걸으면 그저 스쳐 지날 뿐이어서 마음이 편했다. 목적지는 없지만 전진하는 걸음이 가출 청소년의 불안감이나 무력감을 덜어주는 듯도 했다.

 동수는 번잡한 상점가를 지나다가 김밥 가게 유리문에 붙은 '종업원 구함' 쪽지를 읽었다. 앞일이 걱정되기 시작하면서 이런저런 일자리가 떠올랐다. 숙식제공 벽보를 본 기억이 있었지만 여러 가지가 걸렸다. 미성년자여도 괜찮을지, 가출이 들통나지는 않을지. 말더듬증도 문제여서 고객을 말로 대하지 않는 일이어야 했다. 전단지 돌리기 같은. 길바닥을 헤매는 처지에 구직은 이제 부딪쳐야만 하는 현실이었다. 연락할 친구 하나 없고 집과 학교와 학원만 겨우 오가며 살아온 새가슴이 가출에 구직이라니. 스스로에게 조소가 지어졌지만 이미 쏟아진 물이었다. 당장 일자리를 찾아 나설 용기는 없었다. 적어도 이틀 정도는 마음을 다질 시간을 갖고 싶었다. 끼니는 컵라면으로 대충 때우고 잠은 적당한 자리를 찾아 노숙으로 때우면 될 일이었다. 가방 속에는 쓰고 남은 용돈이 다행히 만 원이 좀 넘게 있었다.

어느새 해가 머리 위에 있었다. 다리도 아프고 배도 고팠다. 하천을 가로지른 다리 너머로 아파트 단지가 보였다. 동수는 부지런히 걸어 아파트 상가 마트로 들어가 우유 한 팩을 한입에 털어 넣었다. 주렸던 위장은 곧장 온몸에 신호를 보냈다. 노곤해지더니 걷잡을 수 없이 졸음이 쏟아졌다. 어디든 엉덩이라도 걸치고 눈을 붙이지 않으면 안 될 것 같았다.

동수는 앉을 자리를 찾아 아파트 단지 안으로 들어섰다. 아파트 주민들을 피해 좁다란 가장자리 길로 걷는데 미끄럼틀 하나만 덜렁 놓인 간이 놀이터가 나타났다. 놀이터 한쪽에는 구원처럼 벤치도 있었다. 마침 아무도 없어 동수는 재빨리 가서 앉았다. 후미진 짜투리 공간에 아늑함을 주던 노란색 나무 벤치는 한낮의 볕까지 직사광으로 받아 따끈히 데워진 이불 속 같았다. 동수는 앉은 자세 그대로 옆으로 몸을 누이고 눈을 감았다. 차가운 시멘트 계단에 앉아 떨며 밤을 새우고 먼 길을 걸어온 몸은 행복한 신음으로 꼬물거렸다.
동수가 누운 지 불과 삼사 분 만이었다. 유모차에 각기 아기를 태운 젊은 엄마 둘이 떠들썩하게 놀이터로 들어섰다. 거슴츠레 눈을 뜬 동수는 내쫓기듯 놀이터에서 나와 바로 앞쪽에 있는 아파트 후문을 나섰다.
아파트 후문 밖은 둑길이었다. 깔끔히 정비된 하천을 따라 길게 뻗은 둑길은 걷는 이도 없이 한적했다. 머릿속이 하얘지는 충격이 느껴지도록 햇살도 하늘빛도 화사했다. 달아난 줄 알았던 졸음이 다시금 밀려들었다. 동수는 졸음을 이고 휘적휘적 걸어 둑길 끝자락에 닿았다. 끝 쪽은 키 작은 풀들이 잔디처럼 깔린 완만한 비탈이었다. 안심하고 눈을 붙이기에 더없이 훌륭한 자리였다. 벤치에서 내쫓긴 일이 행운으로 느껴질 정도였다.
동수는 팔다리를 한껏 뻗고 풀밭에 드러누웠다. 살 것 같았다. 풀 냄새가 코를 찔렀다. 그렇게 가까이 풀을 느낀 적이 없었다. 풀 냄새도 안겨 드는 잠도 다디달았다.
"얘! 무슨 일이야? 왜 여기 이러구 있어?"
잠이 깊어지려는 문턱에서 동수는 멀건 눈을 떴다가 놀라서 일어나 앉았다. 동수를 흔들어 깨운 행인은 중년쯤의 여자였다. 위아래 라이딩 복장과 헬멧과 선글라스와 장갑과 운동화까지, 온통 검정 톤으로 패션을 완성한 자전거족이었다. 체격까지 위풍당당해 마치 디스토피아 영상물 속에서 방금 걸어 나온 여전사 같았다. 그냥 무시하고 다시 누울까 했다가 동수는 마지못해 일어섰다. 자리가 아까웠지만 여자 사전에 후퇴는 없을 듯싶었다. 수틀리면 법조항까지 들이대며 닦아세울 각이었다. 피하고 보는 게 상책이어서 동수는 후딱 고개인사를 하고 총총걸음으로 되돌아 걸었다.

그쯤이면 잠은 줄행랑을 쳐야 했지만 요지부동이었다. 깊은 잠 문턱을 맛본 탓인지, 기어코 자고 말리라는 집착에까지 이르렀다. 동수는 이불 속 같았던 놀이터 나무 벤치로 몽유병자처럼 이끌렸다.

그새 놀이터는 다시 조용했다. 동수가 주변을 살피며 벤치에 누우려 할 때였다. 벤치 밑에서 고양이 한 마리가 불시에 튀어나와 초고속으로 사라졌다. 동수는 놀란 가슴을 쓸어내리다 말고 혼잣말로 외쳤다. "아! 거기!" 그 즉시 동수는 벤치를 버리고 아파트 단지에서 빠져나왔다.

'거기'는 동수가 얼마 전에 엄마 심부름을 다녀오던 길에 지나친 곳이었다. 철거를 앞두고 집집이 모두 이사 나간 3층짜리 연립주택이었다. 그날 을씨년스러운 그 앞을 별생각 없이 지나던 동수는 잡초가 우거진 화단에 오도카니 앉아 있던 고양이와 눈이 마주쳤다. 눈이 활짝 뜨이게 앙증맞은 호랑무늬 아기 고양이였다. 다가가려 하자 아기 고양이는 주춤하더니 빈 연립주택 안으로 뛰어 달아났다. 강중강중 달아나는 모양새는 더 앙증맞아 동수는 한번 안아 보겠다는 장난기로 쫓아 들어갔다. 계단 중간에 서서 야옹야옹 불렀지만 아기 고양이는 어디선지 가느다란 소리로 대답만 보냈다. 그렇게 가구가 모두 철수한 연립주택 계단에서 아기 고양이와 숨바꼭질을 하다가 들어가게 된 곳이 305호였다. 집집의 현관문은 출입금지 경고장을 붙이고 굳게 닫힌 상태였지만 305호는 경고장이 찢기고 현관문 손잡이가 파손된 채로 반 뼘쯤 빼꼼했다. 집으로 들어서자 곰팡내가 눈코를 찔렀다. 거실과 주방 바닥 전체가 자질구레한 폐기물들의 하치장이었다. 잠시도 머물기 싫어 밖으로 나가려는데 언뜻 고양이 소리가 들렸다. 집 안 어디인 듯했다. 내친걸음이라 여기고 우선 들여다본 큰방은 거실보다 더 추접했다. 한가운데에 깔린 얼룩투성이 매트리스 주변으로 술병들이 비거나 깨진 채로 나뒹굴었고, 담배꽁초와 각종 포장지가 사방 구석까지 수북했다. 흉기로 보이는 쇠막대들까지 있었다. 여기는 불량 장소입니다, 하고 푯말을 세운 꼴이어서 아기 고양이도 잊고 다급하게 빠져나왔던 그 집이 바로 '거기', 305호였다.

오직 잠에 사로잡힌 동수에게 305호는 이제 불량 장소가 아니었다. 누구의 방해도 받지 않고 눈을 붙일 수 있는 비밀한 쉼터였다. 몸을 누일 매트리스까지 갖춘.

집에서 아주 멀어지겠다는 각오 하나로 재촉했던 걸음이 동수는 후회스러웠다. 한 발 한 발이 까마득한 눈금 같았다. 다리가 뻐근하고 땅겨 어디든 잠깐씩 걸터앉아야 했다. 아파트 상가에서 사 마신 우유가 무슨 요술을 부렸는지 위장은 아직 고요했다.

마침내 집 동네가 지척이었다. 동수는 걸음을 멈추고 동네 어귀를 내다보았다. 서너 블록 떨어진 지점인데도 어귀에 자리한 속옷 가게 대형 입간판이 훤히 보였다. 덧댄 아크릴 판에 날짜만 바꿔 적으며 일 년 내내 세워 두는 간판이었다. '대방출 마감세일'. 빨강과 파랑으로 최대한 굵게 박힌 고딕체가 유치하기도 하고 보행로의 반 이상을 차지해 꼴사나웠는데 지금은 여간 반갑지 않았다.

　동수는 집 동네 외곽을 두르는 샛길로 들어섰다. 연립주택이 집 동네 후면과 맞붙은 외진 동네에 있어 그 샛길은 연립주택으로 가는 지름길이기도 했다.

　한 달여 만에 다시 만난 연립주택은 그때 그 모습 그대로였다. 그동안 철거됐을까 내심 걱정했던 동수는 화살같이 305호로 달려 올라갔다. 천만다행으로 현관문 손잡이도 파손된 상태 그대로였다. 방도 더하면 더했지 여전히 난장판이었다. 동수는 얼룩투성이 매트리스 위로 주저 없이 몸을 던졌다.

9

"야! 일어나! 야!"

제복 차림의 젊은 경관이 동수를 흔들었다.

"일어나라니까! 어서!"

재촉이 이어지고서야 동수는 어슴푸레 눈꺼풀을 들었다.

"너 여기서 뭐 하는 거야?"

"자…자… 자 자는데요…….

"누가 그거 물었어? 안되겠다, 일단 나가자!"

경관은 잠에서 헤어나지 못하는 동수를 잡아 일으켜 어깨에 가방을 메어준 뒤에 밖으로 데리고 나왔다. 순찰차 운전석에서 대기 중이던 또 다른 경관은 끌려 나오는 동수를 보며 시동을 걸었고, 젊은 경관은 동수를 뒷좌석으로 들여보냈다.

파출소로 향하는 순찰차 안에서 동수는 하늘만 둘러보았다. 305호로 들어갈 때만 해도 쨍쨍했던 하늘에 비구름이 듬성듬성 떠다녔다. 동수는 낯모를 땅에 순간이동이라도 된 듯이 자우룩한 눈빛으로 잿빛 구름만 헤아렸다.

파출소로 들어와 동수를 의자에 앉힌 경관은 정수기에서 물부터 뽑았다.
"자, 마셔."
동수는 덥석 받아 한입에 들이켰다.
"어느 학교 몇 학년이야? 이름은?"
"고고 고1…… 오 오동수요."
"학교는?"
"……."
"학교 이름 대는 건 안 내켜? 녀석……."
경관은 동수 가방을 열고 뒤적거렸다.
"가방엔 별것도 없네. 오동수. 학교도 안 가고 거기서 뭐 했어? 물도 마시고 정신도 들었으니까 이제 말해 봐."
동수는 그제야 긴장하며 등을 꼿꼿이 폈다.
"그 그냥, 자자자 잤는데요……."
"잠만 잤다고?"
"네. 너너 너무, 조조조 졸려서……."
"거기 드나드는 애들은 누구누구야?"

"애애, 애 애들요?"
"거기서 같이 어울린 애들!"
"저저 전, 모모모 모르는데요."
"걔들을 모른다고?"
"보보 본 적도, 어어어 없어요."
"너 정말 순진한 척, 이럴래?"
"저저저 정말이에요. 지지, 지 진짜예요."
"그럼 그 빈집은 어떻게 알고 갔어? 거기 오는 애들이랑 한패니까 갔을 거 아냐!"
"아아 아니에요. 저저저 정말로 모……"
"오동수! 무조건 모른다고 해서 될 일이야? 거기서 자고 있었던 게 설명이 돼야 하잖아. 안 그래?"
"서서서 설닝할 것도, 어이이 없이요…….."
"한패도 아니고 아예 본 적도 없는 애들이면, 그럼 거긴 어떻게 알고 갔어? 잠까지 잤잖아."
"어어 얼마 전에, 그그……"
"천천히 얘기해도 돼. 천천히."
경관이 말소리는 우렁찼어도 말투는 살가워 동수는 긴장한 중에도 대답을 곧잘 이었다.

"어어 얼마 전에, 그 그 앞을, 지지 지나다가, 드 들어······."
"왜 들어갔는데?"
"아아 아기 고양이, 자자자 잡으려고······."
"얼마 전에 그 앞을 지나다가 아기 고양이가 보여서 잡으려고 들어갔었다, 그렇게 해서 알게 된 집이다, 이 말이니?"
"네. 그그 그날, 처처 첨으로······."
"그럼 오늘이 그 뒤로 두 번째란 얘기고?"
"네······."
"그 집 꼴을 보면 어떤 소굴인지 어린애도 알 텐데, 어떻게 다시 찾아가서 잠잘 생각을 했어? 너 같으면 니 말이 믿어지겠어?"
"너너 너무, 조조조 졸려서요······. 저저 정말이에요."
"다 밝혀지게 돼 있어. 그래도 정말이야?"
"네. 저저저, 저 정말이에요!"
경관은 의자 깊숙이 상체를 젖힌 채 한동안 동수를 건너다봤고, 동수는 눈을 내리깔고 손톱 밑만 후볐다.
"오동수. 니 말이 사실이면 넌 가출했다는 거네? 잠을 한숨도 못 잤고, 잠잘 데는 없고, 그래서 그런 소굴인 줄 알면서도 찾아갔다, 이 얘기야? 너무 졸려서. 맞아?"

경관이 내린 결론에 동수는 고개만 끄덕거렸다.
"여기에 온 이상은 집에 알려야 돼. 부모님 전화번호 대 봐. 누가 됐든 집에 계시는 어른 번호면 돼. 엄마 계시지?"
"네……."
"여기다 적어서 줄래?"
동수는 경관이 건넨 메모지와 볼펜을 받아 느릿느릿 엄마 휴대폰 번호를 적었다.
"여기서 엄마 볼 생각하니까 앞이 까마득하지? 파출소라는 데 안 놀랄 부모님이 계시겠니? 무슨 야단도 감수해야지, 싸나이답게. 안 그래?"
경관은 메모지를 내려다보며 전화기 숫자판을 눌렀다.

근무하는 의료기견문 점이 두 정거장 거리이 상전가에 있어 엄마는 얼마 지나지 않아 도착했다.
"너 어떻게 된 거야! 집에다 사고 쳐 놓고 사라진 것도 부족했어? 파출소까지 오게 만들게?"
흥분한 엄마를 경관은 서둘러 의자로 이끌었다.
"놀라셨겠지만 진정하세요. 어머니 오시는 동안 동수도 얼굴이 사색이던데요."

"일 저질러 놓고 일찌감치 학교로 내뺐거니 했죠! 파출소에서 전화가 올 줄을 생각이나 했겠어요?"
"그럼요, 놀라셨을 겁니다. 어머니, 저 아래쪽 선우연립 아시죠? 재건축한다고 다 이사 나간 연립이요."
"알죠! 시공사가 부도났다는 데잖아요. 그래서요?"
엄마는 경관이 친절을 다하는데도 서슬이 퍼래서 대꾸했다. 이런 경우에 지레 경계의 날을 세우는 방어형의 전형이었다. 엄마의 그런 심사를 이해하는지 경관은 불쾌한 기색도 없이 말을 이었다.
"어머니, 거기가 좀 외지잖아요. 어제 그 근처 주택에 사시는 할머니가 신고를 하셨어요. 빈집에 툭하면 이상한 애들이 꼬인다고. 그러다 말려니 했는데 아니더래요. 어젯밤엔 갔더니 아무도 없었어요. 그래서 오늘은 혹시나 하고 밝은 시간에 가 봤는데, 동수가 거기서 자고 있었습니다."
"경관님! 보면 모르시겠어요? 우리 애가 그런 애들이랑 어울릴 깜냥으로 보이세요? 집이랑 학교밖에 모르는 숙맥인데?"
"어울렸다는 게 아니에요. 자고 있었다는 말씀입니다."
"그럼, 잠을 잔 게 무슨 죄라도 되나요?"
"물론 아니죠. 동수는 걔들하고 관련이 없어 보입니다. 하룻밤 단순 가출로 결론지었어요. 걱정 안 하셔도 됩니다."
 원하는 대답을 들은 엄마는 당장에 표정과 말투를 바꿨다.
 "아유, 그럼요! 관련이 있을 리 없죠!"
 "네, 어머니. 헤매고 다니다가 죽을 만큼 졸렸던 모양입니다. 그래도 걔들이랑 마주치기 전에 제가 데려왔으니 다행이죠. 신고하신 할머니께 감사드릴 일이에요. 그리고 어머니, 그런 애들이 처음부터 따로 있진 않아요. 이미 그쪽으로 닳아빠진 녀석들이 만만한 애들 꼬드겨서 궂은일 시키며 망가뜨리거든요. 어머니, 좋은 쪽으로 생각하세요. 동수가 그런 길로 안 걸려든 것만도 큰 다행입니다."
 위로까지 받은 엄마는 경관을 상대로 하소연을 늘어놓기에 이르렀다. 카메라가 산산조각으로 깨져 널려 있었던 광경부터 그 광경 앞에서 이성을 잃었던 아빠, 그런 아빠를 진정시키느라 피를 말려야 했던 본인의 수고, 하루 전 아빠의 매질까지를 별난 의태어들을 섞어 가며 실감 나게 묘사했다. 책상에서 업무를 보던 늙수그레한 경관도 손을 멈추고 엄마를 건너다보며 귀를 기울였다.
 "연이틀 난리를 겪었더니 지금까지도 머리가 깨지는 거 같다니까요. 이 녀석 파출소에 왔던 일도 저나 알아야지, 얘 아빠한테 말했다간 또 저만 나쁜 엄마 되겠죠. 애들은 제가 혼자 낳았나요?"

얘기가 흔해 빠진 신세 한탄으로 흐르면서 자리는 자연스레 마감되었다. 늙수그레한 경관은 책상으로 눈길을 돌렸고, 젊은 경관도 의자를 털고 일어섰다.

"오동수! 집에 가서 잠부터 푹 자. 봐라, 집 나오니까 개고생이지? 이젠 안 그러기다!"

동수 어깨에 팔까지 두르고 관심을 베푸는 경관을 보면서 엄마는 때늦은 예의를 차렸다.

"아유, 제가 별말을 다 늘어놨네요. 바쁘신 분한테요."

"아닙니다. 그런데 어머니, 동수한테 휴대폰 하나 해주시는 게 어떨까요? 오늘 같은 경우도 우선 어머니가 덜 답답하실 텐데요. 동수도 글로 부담 없이 이 말 저 말 할 수 있지 않을까 해서요……."

경관은 조심스레 의중을 내비쳤다.

"누가 아니래요. 초등학교 애들도 갖고 다니는데 당연히 해 줬었죠. 근데 학교에서 잃어버리고 왔지 뭐예요. 그때가 중학교 땐데, 새로 해 준 게 그 뒤로 두 번인 거 있죠. 어떤 녀석들이 골탕을 먹인 건지 뭔지. 그 뒤론 애 자신부터 극구 원치 않아서 저도 생각을 끊었거든요. 어쨌든 경관님 말씀대로 해야겠네요……. 이제 안 잃어버릴 거지?"
 불쑥 날아온 엄마 질문에 동수는 고개를 주억거렸다.
 "사실 골탕 먹인 녀석들만 탓할 일도 아니에요. 얘가 워낙 평소에 대놓고 멍하거든요. 그러니 지 물건이 어떻게 되는지도 모르는 거죠. 지금까지 어디 핸드폰만 그랬겠어요?"
 엄마는 잔반을 처리하듯 남은 하소연을 기어이 비웠다.
 "이제 단단히 챙기겠죠. 어머니, 집에 가시면 데리고 앉아서 살살 대화 좀 해 보세요. 뭐니 뭐니 해도 대화가 최고의 명약이라잖아요!"
 "저도 애랑 대화 좀 되면 소원이 없겠네요……. 아무튼 경관님, 오늘 정말 감사했습니다. 안녕히 계세요!"
 엄마는 동수를 앞세우고 파출소를 나섰고, 경관은 도로 앞까지 따라 나와 모자를 배웅했다.

 집에 돌아온 엄마는 표정도 몸짓도 순했다. 본격적인 화풀이가 시작돼야 했지만 평온했다. 그 이유를 동수는 잘 알았다. 두 경관을 상대로 실컷 속을 비웠기 때문이었다. 엄마 혼자 분을 터뜨리다 마는 부부 싸움의 뒤끝을 음으로 양으로 감당해 온 동수에게 그쯤은 초보적 통찰이었다.

엄마는 식탁 의자에 앉으며 맞은편 의자를 턱으로 가리켰다.

"앉아 봐. 엄마가 아침부터 얼마나 진을 뺐는지, 아까 다 들었지? 그래 어디, 그 경관님 말대로 우리 대화란 것 좀 해 보자. 어제 아침에 카메라 내던진 행동부터 다 말해 봐. 찬찬히 하나씩."

대화. 마주한 엄마로부터 들었다고는 믿어지지 않는 단어였다. 경관의 권유 때문이었다 해도 기억의 범위 안에서 처음으로 누리는 배려 내지 대접이었다. 동수는 엄마를 향해 그었던 평소의 경계선을 기꺼이 넘었다.

"사사, 사 사실은요……'

"응. 사실은 뭐? 괜찮으니까 다 얘기해."

"어어 얼마 전에……"

"응. 얼마 전에 뭐?"

"꾸꾸꾸 꿈을, 꿔 꿨는데요……"

"꿈?"

"네. 꾸꾸 꿈에서, 어어 어떤 하 할아버지가……"

엄마는 더 듣지 못했다.

"너, 엄마 도는 꼴 보고 싶어? 어제 아침에도 아빠한테 꿈 어쩌구 해서 그 난리를 당하더니, 또니? 기껏 대화하자고 했더니 또야? 카메라를 왜 깼냐고 묻는데, 왜 꿈 얘기가 자꾸 나오냔 말이야! 꿈에 산신령이라도 나타나서 너한테 카메라를 박살내거라, 했다는 거니? 대체 왜 이래!"
 동수는 가슴 가득 숨을 들이켰다가 소리 없이 뱉었다. 왜 때마다 이리 아둔한지, 자신이 딱했다. 목소리와 나눈 시간은 누구와도 공유할 수 없는 세상 밖의 일인 것을……. 동수는 글로 구구절절 써서 전하는 방식을 잠깐 진지하게 생각했지만 이내 털어버렸다. 이 문제는 글로도 해결될 일이 아니었다. 글로 전한 목소리의 사연이 아빠가 묵었던 민박집 아들을 통해 확인된다 해도 끝내는 불길한 조짐으로나 받아들일 게 분명했다. 더욱이 귀신에 빙의된 쪽으로 비약된다면 엄마는 벼랑 끝에 몰려 방책들을 찾아다니는 소동을 벌일 디었다.
 "관두자, 너랑 대화는 무슨 대화. 이젠 때리고 악쓰는 것두 지쳤어……. 오동수. 엄마도 너 칭찬하면서 살고 싶어. 그런 날이 올까? 오겠니? 믿거나 말거나지만, 엄만 그거까지 포기한 적은 없어……."
 엄마는 눈물이라도 쏟을 표정으로 동수를 건너보다가 일어섰다.

"다 잊고 누워서 쉬면 소원이 없겠네……. 시장 갔다 올 테니까 목욕부터 해. 그 더러운 데서 벌레라도 옮았을지 모르잖아. 닭볶음 만들까 하는데 정 배고프면 라면이라도 우선 끓여 먹든가."

엄마는 냉장고 안을 들여다보다가 장바구니를 챙겼다.

홀로 남은 집. 동수는 식탁 의자에 앉은 채로 집 안을 휘둘러보았다. 손때 묻은 가구들, 뿌연 유리창, 우둘투둘한 바닥재……. 모두가 여전했지만 느낌은 새로웠다. 그 새로운 느낌은 안의 것이었다. 마음 밑바닥으로부터 모종의 유쾌한 움직임이 조금씩 차올랐다. 옅은 웃음마저 짓게 했다. 머리끝까지 차오른 뒤에야 정체를 드러낸 그 느낌은 다름 아닌 희열이었다. 만신창이 하루의 결산이 왜 엉뚱하게도 희열인지, 동수는 영혼세상으로 훌훌히 떠났을 목소리를 떠올리고서야 납득했다. 자유…….

동수는 식탁 의자에서 일어나 방으로 들어가려다 말고 욕실로 방향을 틀었다. 고달픈 하루였던 만큼 나만의 공간인 내 방으로 발이 먼저 갔지만 진열장을 볼 일이 문득 두려웠다. 희열 속에서도 두려움은 그렇게 어디서든 튀어나오는 괴물이었다.

목욕을 끝내고 방에 들어와 책상 앞에 앉아서도 진열장은 올려다보지 못했다. 맨 위 칸의 공백을 마주할 자신이 없었다. 책꽂이에 들쭉날쭉 꽂힌 교과서며 문제집들을 일없이 훑어보던 끝에야 진열장으로 고개를 들었다가 동수는 벌떡 일어섰다. 비었으려니 했던 맨 위 칸에 카메라가 있었다. 렌즈도 없는 카메라가. 렌즈를 분리하지도 않고 화급히 부순 탓에 몸체도 상처투성이였다. 화가 치밀어서라도 쓰레기통에 처박았을 일이었다. 하물며 단정히 갈무리를 해 놓다니. 그 애착을 목격하며 동수는 아빠를 마주할 일이 더 막막했다. 할 수만 있다면 다시 도망치고 싶었다.

"이 녀석 들어왔어?"
퇴근한 아빠는 신발도 벗기 전에 동수부터 별렀다.
"안녕이 다녀오셨어요. 형은 방에요······."
거실에 있다가 인사와 대답을 겸한 민수는 축 처져서 안방으로 자리를 피해 들어갔다.
아빠 소리가 흘러들자 동수는 부리나케 방문을 향해 무릎을 꿇었다. 입은 못 떼더라도 무릎이라도 꿇고 용서를 빌 작정이었다. 주제 넘은 작정이었을까, 꿇어앉자마자 팔다리가 후들거리기 시작했다. 마치 진동운동기에라도 올라탄 형국이었다. 이를 악물고 온 근육에 힘을 주어도 후들거림은 통제가 되지 않았다.

폭풍같이 방문을 열어젖혔던 아빠는 일순간에 어깨를 무너뜨렸다. 용서를 구하려고 무릎을 꿇었을 터에 후들대느라 빌지도 못하는 다 큰 아들……. 찢어지고 구겨진 자화상이라도 마주한 듯 아빠 표정은 고통으로 흔들렸다.

"동수 너 정말……."

아빠는 말을 잇지 못하고 그대로 돌아섰다.

저녁 식탁에서 엄마는 민수에게 유난히 이 말 저 말을 두서없이 던졌다. 꽉 막힌 식탁 분위기 때문이었지만 그럴수록 더 어색했다. 집안 공기를 되돌리려 동수를 굳이 아빠와 함께 식탁에 앉힌 처사를 엄마는 곧 후회했다.

"동수 넌 왜 그렇게 깨작거려? 지금 밥 생각 없으면 이따가 먹든가. 엄마가 부를게."

동수가 엉덩이를 들려는데 아빠가 앞서 일어서더니 안방에 들어가 겉옷을 걸치고 나왔다.

"당신… 동수한테도 신경 좀 쓰지 그래……."

아빠가 현관문으로 향하며 웅얼거린 말에 엄마는 오물이라도 뒤집어쓴 사람처럼 펄펄 뛰었다.
"신경 좀 쓰라니? 그럼 내가 신경을 안 써서 이 녀석이 이 모양이란 거야? 당신이 날 탓할 자격이나 있어? 당신이 애들 앉혀 놓고 학교생활 한번 물어본 적 있어? 관심이라도 가진 적 있냐고!"
아빠는 벌써 사라졌지만 엄마는 애먼 현관문에 대고 분을 풀었다.
동수는 아빠가 안타까웠다. 그냥 나갈 일이지 본전도 못 건질 말은 왜 했을까 싶었다. 얼마 전에 신상 운동화를 입에 올렸다가 된통 당했던 자신과 꼭 같았다. 혹시 통할까 하는 경계 부근에서 판단이 삐끗할 때가 있는데, 아빠도 그 짝이었다.

동수는 소리 없이 방에 들어와 카메라 앞에 섰다. 회복 불능의 외상 환자 같은 몰골로도 귀하게 모셔진 카메라. 반쪽짜리 폐품 처지에 자태도 어딘지 어엿해 보였다. 아끼는 손길이 부린 재주인지.
카메라를 보다가 동수는 창문을 열었다. 어둑한 하늘에 별이 하나 둘 돋고 있었다. '할아버지…… 잘 도착하셨나요? 이제 편안하신 거죠? 전 오늘 좀 힘들었어요. 파출소까지 끌려갔었거든요. 꿈속에서 얘기라도 나눌 수 있으면 얼마나 좋을까요……. 피곤해요. 이제 자야겠어요…….'
 잠들 자리를 찾아 종일 헤맸던 잠이었다. 이부자리에 등이 닿기도 전에 동수는 아랫돌이 빠진 돌무더기처럼 잠 속으로 가라앉았다.

10

 깊은 잠 입구를 기다리는 동안 목소리는 잠든 동수의 수척한 얼굴을 내려다보며 지난 하루를 돌이켰다.
 지난밤 꿈에서 동수에게 사실을 털어놓고 생의 의지를 비운 순간부터 목소리는 사그라들기 시작했다. 곧 마지막 한 가닥 숨이 다하려는 참이었다. 아스라이 진동이 느껴졌다. 사그라지기 직전인 상태에서도 감지된다면 직접적인 충격에 의한 진동임이 틀림없었다. 목소리는 모진 발버둥으로 정신을 건져 올렸다. 아니나 다를까, 카메라 속에 대포 소리 같은 진동이 휘몰아쳤다. 결국 렌즈가 층층이 깨지는 와중에 공중으로 날아올랐지만 탈출의 기쁨 따위는 없었다. 영혼세상을 향한 소망은 이미 깨끗이 비운 뒤였다. 오직 동수가 감당하게 될 뒷일이 걱정이었다. 한밤에 집을 뛰쳐나가는 동수를 볼 때는 통곡이라도 하고 싶었다. 그길로 줄곧 동수를 따라붙었지만 소통할 기회는 올 듯 올 듯 오지 않았다.

마침내 깊은 잠 입구가 활짝 열렸고 목소리는 동수를 부르며 날아들었다. 귀를 울린 호명에 동수는 산을 우러르듯 어느 한 곳을 몽롱히 바라보았다.

"할아버지⋯⋯ 할아버지세요?"

"맞어. 나야⋯⋯."

목소리는 훤칠한 키에 흰색 바지저고리를 단정히 차려입고 우뚝 서 있었다. 기름한 얼굴, 널직한 이마, 희끗희끗한 머리에 짧은 턱수염, 구릿빛 피부, 주름진 눈매⋯⋯. 동수는 넋을 놓고 바라보았다. 목소리가 다가와 어깨에 팔을 둘러 바닥에 앉히는 동안에도 눈을 뗄 줄 몰랐다.

꿈속의 동수는 이제야 꿈다운 꿈을 꾼다고 생각했다. 목소리를 향한 그리움이 목소리 꿈을 꾸게 한 거라고.

"동수야, 그런 꿈이 아니야. 평소처럼 내가 온 거야. 이번엔 온전한 영혼으로."

"정말이세요? 그럼 영혼세상은요?"

"가지 않았어."

"저절로 옮겨지는 게 아니었나요?"

"아직은 여기 이렇게 있잖어."

동수는 비로소 믿기는지 격앙된 어조로 캐물었다.

"처음엔 몸에서 막 나오신 중에 사고가 생겨서 여기에 남았다 쳐요, 그럼 이번엔 이유가 뭐죠?"

"모르겠어. 나한테 자동적이거나 강제적인 힘은 작용하지 않았어. 영혼세상을 포기하고 스스로 사그라들던 중이었기 때문인지, 긴 시간 갇히고 잊힌 영혼이었기 때문인지……. 어쨌든 난 널 따라붙어야 했고, 다른 정신은 없었어."

꿈속은 이제 암흑천지가 아니었다. 푸른 하늘 아래로 완만한 풀밭 언덕이 지평선까지 드리워진 곳이었다. 바람도 있고 햇살도 있고 나무도 있고 새소리도 있었다. 띄엄띄엄 무리 지어 핀 꽃송이들 위로는 색색의 나비들이 날아다녔다. 풀밭에 나란히 앉은 둘의 표정은 그 경치만큼이나 평화로웠다.

"종일 널 따라다녔어."

"계속이요?"

"그랬어. 지하 계단에서 놀이터에서 둑길에서 빈집에서, 깊은 잠만 기다렸어. 때마다 허탕이었지만."

"잠 한번 자기 정말 힘들더라구요."

"카메라를 부술 줄은 상상도 못 했지 뭐냐. 내가 사그라진 뒤엔 좀 힘들다가 잊겠거니 했는데……."

"너무하셨어요. 어떻게 저한테 말씀도 없이 그러실 수가 있어요? 제가 풀어드리면 다 되는 일이었잖아요."
"내가 너무 오래 미련을 떨었어. 왜 그리 끈질겼는지……."
"미련하긴요, 또 그 말씀이시다."
"그 야밤에 집 나가는 널 보는데 앞이 까마득했어. 네 부모님 꿈에 가서 알리려고 했지만 소용없었어. 이제 온전한 영혼이니 가능할 줄 알았는데 실패로 끝났어."
"카메라가 안방에 있었던 그저께 밤처럼요?"
"맞어. 그날은 복사의식 상태라서 그런가 보다 했는데, 이번에도 마찬가지였어. 그 끝에 문득 알아챈 게 있다."
"뭘요?"
"나한테 허락된 꿈은 너뿐이었다는 것. 내가 들어갈 수 있는 꿈속은 오직 너였던 거야."
"제 꿈속에만요? 이해가 안 가요. 죽은 사람이 가족이나 친척들 꿈에 많이 나타나잖아요."
"나도 돌아가신 어른들 꿈을 꾸곤 했었어. 신기한 조상꿈 애기들이 많잖니? 그래도 죽은 그 사람 영혼이 꿈에 오는 건 아니야. 현재 살고 있는 사람이 꿈에 등장하는 경우도 그 사람 영혼이 찾아오는 게 아니잖니? 죽은 사람도 마찬가지야."
"살았을 때랑 똑같은 모습으로 나타난다고 하잖아요. 그러니까 꿈속에서 얼굴을 알아보는 거죠."

"죽은 사람들 영혼이 세상에 그대로 남아서 떠돈다 치자. 그 영혼들은 툭하면 가족 친지며 지인들 꿈속을 드나들겠지? 그럼 어떻게 될까? 그간 누적된 그 많은 영혼들이 드나든다면 말이다. 산 사람들이 성한 정신으로 살 수가 있겠니? 가당치 않어. 죽은 사람들 영혼이 떠돈다는 건……."

"제 꿈에 처음 오신 날도 그런 말씀을 하셨죠. 운석에 대해서도 그러셨고. 그런 능력이 있다면 영혼마다 자기 가족을 위해 재주들을 피울 거라고……. 그럼 죽은 사람 모습으로 꿈에 나오는 존재들은 뭐죠? 가족만 아는 비밀도 말한다잖아요."

"보이지 않는 영역의 일이야. 사람과는 태생 자체가 다른 영적 존재들이 활동하지 않겠니? 그중 악한 것들의 속임수나 둔갑이 왜 없겠어. 죽지 않는 존재들일 테니 집인들 시정도 과거부터 현재까지 꿰뚫어 알 테지."

"그런 생각은 한 번도 못 했었는데……."

"이 땅의 주인공은 어디까지나 산 사람이야. 그러니 속아 넘어가지 않으면 그만인데, 많이들 휘둘리곤 해."

"절 따라다니실 때 혹시 그런 존재들을 보셨나요?"

"아니. 그들의 길은 따로 있겠지. 난 어떤 얇은 막에 싸인 채로 움직여 다녔어. 이상하게 그 막은 투명하기도 하고 불투명하기도 했어. 너 외엔 뚜렷이 분간되지 않는 게 많았어."
"그 얇은 막은 또 뭘까요……."
"그게 뭐였든 간에 죽은 사람의 영혼은 갈 데로 갈 뿐이야. 너랑 나, 몸을 벗은 영혼과 몸을 가진 사람은 서로 별개의 세상에 속해 있어. 그런데 그 두 세상이 예외적으로 겹치는 부분이 있는 모양이야. 이를 테면 통로……."
"통로요?"
"나한테는 네가 통로였어. 통로가 처음부터 정해진 건 아닐 거야. 필요에 따라 예외적으로 만들어지는 게 아닐까 싶어. 그게 아니라면, 어이없는 이유로 십 년이나 이 세상에 남은 내 상황도 설명이 되지 않아……."
"제가 할아버지한테 통로가 될 조건을 갖고 있었다는 뜻인가요? 오직 저만요?"
"아마도. 순간순간 감지되는 것들이 있긴 해. 하지만 그래 봤자 빙산의 일각 중에서도 일각일 테지……."
영혼의 통로. 동수는 언뜻 벤다이어그램을 떠올렸다. 영혼의 무한한 영역 끝자락에 모래알보다 작은 자신이 살짝 얹힌 그림표…….

"우리가 모르는 신비가 또 얼마나 많을까요."

"그래도 그 일들은 그쪽 세상의 일일 뿐이야. 여기에 사는 동안은 여기, 이 세상에 속한 현상들을 아는 게 중요해. 현상들의 속뜻은 알아채게끔 짜여 있거든."

"신호를 준다는 건가요?"

"맞어. 속뜻은 묻힌 채로 있지 않어. 우리들이 알려고 하지 않거나 무시해버리는 게 문제지. 지난 삶을 돌아보면 확실히 그래. 보는 것들, 듣는 것들, 느끼는 것들 안에 드러나 있었어. 뚜렷하게든 은밀하게든 어떤 식으로든. 왜 보면서도 볼 줄 몰랐고 들으면서도 들을 줄 몰랐는지……. 다 때늦은 후회야. 후회를 해도 살았을 때 해야 돌이키든 말든 하잖어. 주어진 일생은 딱 한 번이니까. 딱 한 번의 기회니까."

애기를 나누는 중에도 동수는 한 번씩 목소리를 뜯어보았다.

"왜? 내 얘기가 골치 아퍼서 그래?"

"아뇨, 신기해서요. 할아버지 얼굴 보면서 이렇게 옆에 있다는 게 생각할수록 믿어지지 않아서요."

"그럼 그 야밤에 가출하는 청소년을 두고 떠나야 했다고? 늙은이가 나잇값도 못 하고?"

목소리의 우스개에 동수는 식 웃으며 머리를 긁적였다.

"하긴, 가고 안 가는 게 어디 내 맘대로 되는 일이겠니. 널 따라다니는 동안 내 상태가 불안한 순간들이 있었거든. 난 여기서 분명 자유로울 수도 온전할 수도 없는 존재야……."
"영혼세상에 안 가신 상태라 그렇겠죠?"
"당연해. 그러다 어느 순간 옮겨지겠더구나. 바로 몇 초 뒤, 몇 분 뒤일 수도 있겠지. 어떻든 이젠 더 바랄 게 없어. 네가 무사히 집에 왔고, 이렇게 서로 그간의 얘기도 나누니……."
"저 어땠어요?"
"어떻다니, 뭐가?"
"따라다니실 때 현실 속의 절 보셨잖아요. 제 꼴이 어땠냐구요. 백반중에 말더듬중에……. 꿈속에서 저한테 가지셨던 느낌이랑 많이 달랐죠?"
"그게 그렇게 궁금해?"
"아까부터 마음에 걸려서요. 혹시 그런 제가 안쓰러워서 영혼세상에 차마 못 가신 건 아닌가……."
"별소릴 다 한다. 한밤에 집 나가는 널 보면서 속이 까맣게 탔어. 그게 이유의 전부야. 영혼세상은 어차피 포기한 마당이었고 생각할 겨를도 없었어. 그리고 따라다니는 내내 난 너한테서 그런 건 안 보였어."

"어떻게 안 보여요? 눈에 빤히 보이는데."
"널 아니까. 그러니까 안 보였던 거야. 지금으로선 힘들겠지만 두고 봐. 넌 그 문제만 잘 극복해도 여러 인생 문제에서 누구보다 강할 테니."
"뻔한 말씀이신 거 알죠?"
"뻔하다는 그 생각이야말로 뻔한 게 아니고?"
"억지 좀 부리지 마세요."
"살어 봐. 겉은 말이다, 속에 의해서 계속 달리 보이는 법이야. 그럴 때의 겉은 꾸며서 되는 게 아니거든."
목소리는 백반증이 있는 동수의 턱 언저리를 쓰다듬었다.
"할아버지."
"왜?"
"꿈에서 안 깼으면 좋겠어요……."
"학교도 안 가고 풀밭에서 이렇게 빈둥대고 싶어서?"
둘은 별것 아닌 말끝에 크게 소리 내 웃었다. 그런 웃음을 함께할 기회를 기다린 사람들 같았다.
"천국이 있다면 여기처럼 평화롭겠죠?"
"여기가 그렇게 좋아?"
"당연하죠. 보세요. 안 좋아할 수가 있나."

"내가 꿈에 날마다 오면 되지 뭘……."
"영혼세상엔 안 가시구요?"
"안 가도 괜찮아. 이미 포기했었잖어. 어느 순간 갑자기 옮겨질 수 있겠지만, 그때까지라도 있으면 되지 뭘. 안 그래?"
"그런 말씀 마세요. 끔찍해요."
"끔찍하다고? 내가?"
"절 종일 따라다니면서 감시하겠다는 거잖아요. 그게 그럼 끔찍하지, 안 끔찍해요?"
"무슨 말인가 했네. 내가 옆에 있으면 든든하지 뭘 그래?"
"농담 아니에요. 어서 떠나세요. 할아버지가 여기서 유령처럼 사시는 건 제가 싫어요……."

둘은 이제 말없이 풀밭만 내다보았다. 노래하듯 노니는 바람을 따라 풀잎들이 이리 눕고 저리 누웠다. 둘은 누가 먼저랄 것 없이 풀을 따라 하늘을 향해 드러누웠다. 흩날리는 바람은 싱그러웠고 햇살은 더할 나위 없이 따사로웠다. 목소리는 평화로움에 취해 눈을 감으며 동수 손을 쥐었다. 동수도 마주 쥐며 눈을 감았다.

2부 · 끝없는 하늘

하늘이동

 어느 순간부터 바람이 달리 불었다. 감긴 눈꺼풀로 말갛게 비쳐 들던 햇살도 구름 뒤로 숨었는지 어스레했다.
 잠들었던 걸까? 둘은 같은 느낌으로 눈을 떴다.

 그곳은 풀밭이 아니었다. 오묘한 허공 속이었다. 발을 디딘 바닥면이 있었지만 지평선이라 할 만한 경계선이 전혀 보이지 않았다. 모든 방향이 온통 부유스름한 허공이었다.
 둘은 주춤주춤 일어섰다.
 "풀밭에 밤이 온 건가요? 할아버지, 좀 이상하지 않으세요?"
 '이를 어쩌! 이를 어쩌!' 사고가 벌어졌음을 목소리는 바로 깨달았다. 꿈에서 나오기 전에는 긴장을 풀지 말았어야 했다. 풀밭에 누워 눈을 감고 동수 손을 잡은 뒤로 동수와 함께 이동 상태에 들었음이 분명했다. 그곳은 다른 세상, 다른 하늘이었다. 되돌아갈 방법이 있을 리 없었다. 목소리는 부릅뜬 눈으로 사방을 둘러보았다. 기적처럼 출구가 있을지 모를 일이었다. 없다 해도 결단코 찾아야 했다.

동수가 목소리 어깨를 흔들었다.

"할아버지! 저기 좀 보세요!"

희붐한 공중 저 끝에서 크기가 어마어마한 공 모양의 물체가 떼지어 날아오고 있었다. 공들은 맹렬한 속도로 급격히 거리를 좁혀 들었다. 털실처럼 폭신하고 하늘거리는 술을 촘촘히 돋운 공들은 전체가 비눗방울처럼 투명했다. 모습은 팬시상품처럼 화사했지만 날아오는 기세는 살짝 스치기만 해도 갈가리 찢길 듯 위협적이었다.

둘은 납작 엎드려 서로의 허리를 팔로 단단히 둘렀다.

"고개 들지 마!"

"조심하세요!"

둘은 투명공들이 지나가기를 엎드린 자세로 기다렸다. 공의 수와 크기와 속도로 봐서 바로 위를 지나는 소리는 제트기 폭음보다 더할 일인데 시간이 지나도 낌새가 없었다. 참다못한 둘은 고개를 들었다가 얼떨떨해져서 일어섰다. 투명공들은 이미 머리 위를 지나는 중이었다. 몽환적이고 기이한, 침묵의 판타지였다. 투명공들은 고속 비행을 하면서도 자전거 바퀴 정도의 소음도 내지 않았다. 머리 바로 위를 지났지만 안전거리도 적절히 두고 날았다.

다가오고 지나가는 투명공들을 둘은 허리를 곧게 펴고 올려다보았다. 하나하나의 투명공 안에는 뭔가가 가득 들어찼지만 그것들의 형체를 분간할 수는 없었다. 자전과 맞물린 고속 비행이어서 눈의 초점을 맞출 여지가 없었다.

투명공들의 비행은 뜸해지는 과정도 없이 어느 순간 마침표를 찍었다. 혹시 투명공이 세상으로 되돌아가는 출구의 단서일까 해서 뚫어지게 응시했던 목소리는 아쉬운 눈길을 거두지 못했다. 동수는 동수대로 몽환경의 여운을 떨치지 못했다.

"또 올까요? 이제 안 오겠죠?"

"그렇겠지……."

둘 다 눈길을 거두려 할 때였다. 투명공 하나가 불쑥 나타나더니 다가왔다. 지나간 투명공들에 비해 턱없이 속도가 느렸다. 쉬엄쉬엄하는 비행이었다. 둘은 궁금했던 투명공 안쪽을 투명공을 따라 한 발 한 발 걸으며 여유롭게 들여다보았다.

투명공 안에는 투명공과 똑같이 생긴 투명공이 가득 있었다. 그 아바타 공들은 투명공의 중심점을 향해 뺑 둘러 일렬로 줄을 이었다. 알에서 알이, 그 알에서 알이, 또 그 알에서 알이,

끊임없이 새끼를 쳐 나가는 식이었다. 복제가 무한 생성되는 무한 정렬이었다. 그보다 불가사의한 점은 공간의 복제였다. 내부를 두른 겉면이 있는 만큼 내부 공간은 마땅히 한계가 있어야 하는데 그렇지 않았다. 아바타 공의 복제를 따라 공간까지 복제되었다. 공의 중심이 그 중심 너머로 확장되며 공간이 생성되었다. 적어도 시력의 한계로 인한 끝점은 있어야 했지만 보고 있는 한은 보였다. 투명공 밖에서 그 안을 들여다보는 자신이 존재하는 동시에 투명공 안에서 공간을 따라 들어가는 수많은 자신이 존재했다. 정신이 산산조각으로 깨지는 느낌이었다. 질서화된 구도의 극한 같았지만 혼돈과 분열로 이끄는 악한 복제가 아닐 수 없었다.

마지막 투명공이 사라진 뒤에 둘은 바닥에 벌러덩 드러누웠다. 눈도 아팠고 현기증도 심했다.
"뭐 그런 물체가 다 있죠? 정신이 나가는 줄 알았어요. 근데 할아버지, 풀밭은 어디로 사라진 거죠?"
목소리는 꿈속이 아니라는 사실을 말해줄 수 없었다. 미지의 세상으로 데려온 본인의 실수를 숨기려는 의도는 아니었다. 이질적인 세상에서 받는 동수의 정신적 충격이 제 방에 누워

자는 육신을 어떤 위험에 빠뜨릴지 몰라 두려웠다.

둘은 현기증이 가라앉기를 기다렸다가 일어섰다.

"동수야, 공들은 뭐고 풀밭은 왜 사라졌는지 나도 지금은 판단이 되지 않아. 우리 좀 더 지켜보자. 그리고 꿈속이라 해도 어떤 일이 생길지 몰라. 날 놓지 마. 절대로!"

"알았어요. 그래도 꿈인데 어떤 일 좀 생기면 어때요? 표정 좀 푸세요. 전 신기해서 좋기만 해요!"

"위험할 수 있어서 그래⋯⋯."

"보세요. 텅 빈 허공인데도 볼수록 빨려 드는 기분이에요. 느낌이 진짜 묘하지 않으세요?"

동수의 감탄을 흘려들으며 목소리는 출구찾기에 몰두했다. 카메라에 갇혀 지내는 동안 정신력의 위력을 절감했던 목소리로서는 그 상황에서도 기댈 언덕은 정신력뿐이있다. 의지! 다른 차원의 세상에서도 그때의 의지가 통할지는 따지고 싶지 않았다. 어차피 어떤 예측이나 도모 따위가 불가능한 곳이었다. 되는 쪽으로 생각해야 희망이라도 품을 일이었다. 카메라에서 발휘했던 의지에 비해 얼마나 더 강한 의지여야 할까 하는 의문은 잠깐 가졌다. '수백 배는 더 강해야 할까? 수천 배? 수만 배? 의지에 수치나 등급을 매기는 게 과연 가능할까? 아닐 거야. 어떤 상황에서든 그 의지의 순전함이나 절실함 같은 게 열쇠가 아니겠어? 그래, 그럴 거야. 상황을 온전히 직시하고, 상황에 온전히 순응하는……. 그렇다고 믿자! 출구가 있다고 믿자! 동수를 데려다줄 수 있다고 믿자!' 목소리는 억지일망정 투지를 다졌다.

바닥에서 미세한 진동이 느껴졌다. 둘은 급히 부둥켜안고 서로에게 얼굴을 묻었다. 천을 팽팽히 잡아 늘인 듯이 어딘가 위태로웠던 바닥은 상하로 널을 뛰며 진폭을 키워 갔다.

"꽉 붙들어!"

"네!"

널을 뛰던 바닥은 한 박자에 과도하게 떠오르더니 그 탄력으로 둘을 순식간에 날려버렸다.

혼절했던 둘은 낯선 곳에서 정신이 들었다.

"괜찮니? 괜찮어?"

"괜찮아요. 여긴 또 어디죠?"

그곳은 맑은 물속 같았다. 잔잔한 수면 같은 연푸른 바다 위로 티끌 하나 없는 공중에 바람이 물결처럼 흘러 다녔다. 뭉텅이져서 다니는 바람이 아니었다. 줄기줄기로 독립된 바람들이

별의별 형태로 어울려 노닐었다. 맴을 돌거나, 위로 솟아오르거나, 아래로 흘러내리거나, 빗금을 긋거나, 방울져 퍼져 나가거나, 사방으로 달음질치거나 하며 서로에게 흘러들고 흘러나왔다. 바람들의 하늘이었다.

바람들의 비행은 투명공과 달랐다. 안전거리 없이 둘을 스치고 휘감고 어루만지며 다녔다. 저희끼리 하듯이 둘의 몸을 아무렇지 않게 통과하기도 했다. 바람들은 오감에서 즐거움만을 뽑아 풀어놓은 감각의 씨앗들 같았다. 감미롭고 보드랍고 찰랑거리고 반짝이고 알록달록하고 향기롭고…….

"할아버지! 어쩜 이렇죠? 어쩜 이런 바람이 다 있죠?"

행복에 겨워하는 동수 옆에서 출구찾기에 여념이 없던 목소리는 문득 안색이 더 파리했다. 그 세상은 수없는 하늘이 수없는 형태로 겹을 이룬 첩첩 하늘임이 불쑥 감지되었다. 하늘이 동을 할 때마다 세상으로 되돌아갈 길은 점점 더 깊은 미로가 된다는 의미였다. 목소리는 안간힘으로 자신을 다독였다. '어쩌면 그 첩첩 하늘이 오히려 희망일 수 있어. 이 하늘에 없는 출구가 또 다른 하늘에 있을지 모르잖아…….'

목소리가 생각 속을 헤매는데 동수가 혼자 붕 떠올랐다.

"와! 혹시나 했는데 정말 날아요! 할아버지도 해 보세요!"

"날 놓지 말라니까!"
 목소리가 소스라치며 떠올라 동수를 붙들었다. 서로 거리를 벌리는 행동은 위험천만이었다. 찰나에 다른 하늘로 각자 분리될 수 있었다. 그뿐이 아니었다. 출구가 발견되는 순간을 위해서도 무조건 샴쌍둥이처럼 붙어 다니고 볼 일이었다. 꿈속에서는 손을 잡아 변고가 생겼지만 이제는 손을 잡지 않으면 변고가 생길 판이었다.
 "알았어요. 꼭 붙으면 되는 거죠? 그럼 우리 이렇게 해요!"
 동수가 목소리 등에 훌쩍 올라타며 하하거렸다.
 "새처럼 난다는 게 믿어지세요? 무거우시면 내릴까요?"
 "아니야. 오히려 속도가 붙는 느낌이야!"
 하나가 된 둘은 그곳 바람들 속에 외계의 바람으로 섞여 유영했다. 그대로 백년을 날아도 지치거나 지루할 것 같지 않았다. 온갖 종류의 바람들이 매 순간 새롭게 뿜어내는 활력은 새벽이슬을 닮았지만 새벽이슬보다 한량없이 싱그러웠다.
 얼마나 날았을까, 아래 방향으로 원을 그리며 거꾸로 누운 자세로 날 때였다. 목소리 눈에 실낱같은 세로줄이 설핏 띄었다. 가느다란 에메랄드빛 세로줄이었다. '출구! 출구일지 몰라!' 목소리는 세로줄이 보였던 지점으로 되돌아가려 급히 유턴을 시도했다.

"꽉 붙어!"

"걱정 마세요!"

그 바로 다음 순간에 둘은 비명을 지르며 어딘가로 빨려 들었다.

"어······어········."

"아······아········."

서로를 놓친 둘은 무서운 속도로 나선형을 그리며 나아갔다. 깔때기 모양의 캄캄한 소용돌이 통로였다. 소용돌이는 좁은 쪽으로 가면서 속도가 떨어졌고, 둘은 막다른 지점에서 충격 없이 맞닿았다. 목소리는 동수부터 덥석 끌어안고 이전 상황을 짚어 보았다. 왠지 에메랄드빛 세로줄로 빨려 들었다는 확신이 들지 않았다. '세로줄은 허깨비였을까? 출구라는 것 자체가 아예 없는 걸까?' 생각은 부정적인 쪽으로만 쏠리다가 그마저도 뿌예졌다. 계속 허깨비만 쫓게 될지 모른다는 공포가 밀려들었다. 이 깔때기 소용돌이가 부디 출구로 이어지기만을 목소리는 속수무책으로 빌어야 했다.

"앞으로 몇 번이나 더 꿈 장면이 바뀔까요?"

꿈속인 줄 아는 동수는 그새 하늘이동을 즐겼다. 동수 질문에 즉답이라도 주듯 소용돌이는 곧바로 둘을 어딘가로 밀어 넣었다. 지극히 부드럽고 정중한 이동이었다.

밀려서 들어온 곳은 진초록 안개가 벽체처럼 딴딴하게 들어찬 터널이었다. 시야는 전혀 없었다. 초록안개가 지렁이처럼 꿈틀거리는 동시에 전체가 느릿느릿 도는 점으로 미루어 원통형 터널임이 짐작될 뿐이었다.
"멀쩡히 정신 있는 채로 이동되니까 스릴 있지 않으세요? 계속 이랬으면 좋겠어요. 그럼 나중에 이 꿈여행이 훨씬 사실적으로 기억되겠죠? 근데 할아버지, 어떻게 이런 안개가 다 있죠? 이런 초록색은 처음 봐요. 기름기에 형광 물질도 섞인 느낌이고……."
"동수야! 내 말 명심해. 무슨 일이 있어도 나랑 떨어지면 안 돼. 난 죽은 사람이야. 나랑 있는 이상은 어떤 상황이 벌어질지 몰라. 그러니 이젠 아예 여기가 꿈속이라고 생각하지 말어. 알지 못할 세상으로 왔다고 쳐. 신비하지만 위험한 하늘로 왔다고. 알아들었니?"
사실을 그대로 말할 수 없어 목소리는 최대한 에둘러 주의를 주었다.

"네… 알았어요…….."

방금까지도 신이 났던 동수는 간신히 대답하며 잦아들었다.

"고단한 모양이구나. 눈 좀 붙여. 내가 꽉 붙들어 안고 있을 테니……."

목소리는 초록안개의 꿈틀거림이 향하는 방향을 도무지 종잡을 수 없었다. 왼쪽인가 싶다가도 오른쪽 같고, 위쪽인가 싶다가도 아래쪽 같았다. 정신도 흩어져 갔다. 머릿속에 단단히 박혔던 숱한 기억들이 하나씩 지워지는 느낌이었다. 섬뜩했다. 목소리는 철철 눈물을 흘렸다. '풀밭에 누워 동수 손만 잡지 않았어도…… 손만 잡지 않았어도…….' 생각할수록 자신이 용서되지 않았다. 아침이면 한 순결한 소년이 원인불명의 주검으로 식구들에게 발견될 판이었다.

눈물도 말랐을 즈음에는 졸음이 몰려들었다. 목소리는 저항 없이 받아들였다. 변화의 조짐도 없이 그저 꿈틀거릴 뿐인 초록안개의 지루한 몸짓 때문이라 여겼다. 동수를 더욱 바짝 끌어안으며 목소리는 잠으로 들었다. 회한의 고통도 함께 재워 주는 잠이어서 한편으로 달콤하기까지 했다.

목소리가 깊은 잠으로 가라앉던 때였다. 지루하도록 한결같던 기조를 깨고 초록안개의 꿈틀거림이 갑자기 활기를 띠었다. 기름도 넉넉히 발리고 나사도 바짝 조여진 기계처럼 새삼스레 기운찼다. 활기는 일정한 간격을 두고 강도를 조금씩 높여 나갔다.

꿈틀거림의 활기가 몇 단계를 훌쩍 건너뛴 순간이었다. 목소리가 화닥닥 깨나며 단말마의 비명을 질렀다. "아악! 아악! 아악!" 꿈틀거림은 안으로 들어온 내용물을 초록안개화하는 용해 작업이었다. 둘을 흔적도 없이 녹이는 중이었다. 단계를 건너뛰며 활기를 최대한으로 끌어올린 초록안개의 탐욕이 목소리의 잠을 깨우고 영감을 일깨운 셈이었다.

동수는 단계적 죽음에 들어 흔들어도 반응이 없었다. 목소리는 동수를 부여안고 짐승처럼 울부짖었다. 영혼이 가루가 되더라도 져서는 안 되는 싸움이었다. 목소리는 초록안개의 사악한 꿈틀거림을 노려보며 포효하고 또 포효했다.

기억하늘

초록안개는 목구멍에 박힌 가시라도 뽑아내듯 신경질적인 토악질로 둘을 뱉어버렸다.

휘몰아친 진동과 함께 정신을 잃었다가 깬 목소리는 동수부터 더듬어 찾았다. 동수는 바로 옆에서 엎어진 자세로 쿨럭거렸다. 목소리는 동수 상체를 일으켜 안고 등을 두드려주었다. 동수 입에서 뭉클뭉클 초록안개가 흘러나왔다. 목소리는 진저리를 치며 팔을 휘저어 초록안개를 흩었다.

"정신이 드니? 나 알아보겠어?"

"무슨 일 있었나요?"

"이제 다른 데야."

"정신 잃은 채 이동된 거예요? 아쉽다……."

"아쉽긴. 심호흡하면서 그놈의 안개나 깨끗이 뱉어 내. 남기지 말고."

동수는 하는 둥 마는 둥 심호흡을 하고 일어나 앉았다.

그곳은 상아빛 모래벌판이 끝 간 데 없이 펼쳐진 사막이었다. 푸른 하늘은 천천만만으로 높고 구름 한 점 없이 맑았다.
"아, 아름답다! 사진이나 영화에서도 이런 사막은 못 봤어요. 분위기가 완전 달라요!"
일어서려는 동수를 목소리가 잡아 앉혔다.
"쉬면서 기운부터 차려. 그리고 명심해. 여기서도 나한테서 떨어지면 안 돼!"
"알았어요. 그래도 좀 보세요. 이런 사막, 이런 하늘을 어디서 또 보겠어요?"
"감상만 해. 어떤 복병이 숨어 있을지 몰라……."
"우리 염려쟁이 할아버지, 불안증 좀 버리세요. 여기처럼 안전한 장소는 또 없을 거 같은데요?"
그곳 하늘은 해가 쨍쨍 내리쬐는 세상의 한낮보다 수십 배는 더 밝았지만 하늘 어디에도 해는 없었다. 높이도 세상 하늘보다 몇 배는 높았지만 하도 맑아 푸른 하늘빛이 손에 닿을 듯 가까이로 느껴졌다. 상아빛 모래 역시 특별했다. 밀가루보다 곱고 보드라워 물기라곤 없는데도 먼지 한 점이 일지 않았다. 높디높은 하늘, 가까이 내려앉은 하늘빛, 끝없는 모래사막. 그 셋의 조화는 온 세상 모든 풍경의 완성판 같았다. 모든 불필요함이 제거된 완성.

 동수는 그곳의 투명한 공기를 깊은 호흡으로 들이쉬고 내쉬다가 모래 장난을 시작했다. 아이처럼 손가락으로 집으며 자동차며 나무도 그렸고 자신의 이름도 적었다. 그러다가 두 손 가득 모래를 집어 두 볼에 대고 눈을 감았다. 조막만 한 얼굴을 묻었던 엄마의 젖무덤이 되살아났다. 기억 속에 있는지도 몰랐던 안온한 그 느낌이 어디로부터 아장아장 걸어 나왔는지, 동수는 그 느낌에 나른히 안기며 드러누웠다.
 "잠이 쏟아져요……."
 "깨울 때까지 좀 자 둬. 속은 아직 힘들 테지. 징그러운 초록 안개……."
 동수는 방금 소복이 쌓은 모래 더미에 안겨 잠들었다.

 잠든 동수 옆에 앉아 목소리는 출구찾기에 집중했다. 측량계의 눈금을 더듬듯 사방을 빠짐없이 헤아렸지만 특이한 느낌은 어느 지점에서도 잡히지 않았다. 하늘과 허공과 모래사막이 전부며 그 어떤 미세한 움직임도 그 어떤 낌새도 없었지만 목소리는 포기할 수 없었다. '바람하늘에서 봤던 에메랄드빛 세로줄이 혹시 허깨비가 아니었다면 여기서도 사막 특유의 출구가 나타날 수 있어. 어느 순간 회오리바람이 몰아치면서 모래 통로가 만들어질지도 몰라. 신기루처럼 출구가 눈앞에 어뜩 나타날지도 모르고…….' 불확실성은 목소리에게 차라리 희망이었다.

곤두선 신경으로 사방을 훑던 목소리는 피로감에 눈을 감았다. 눈두덩에 경련까지 일어 손바닥으로 문지를 때였다. 뭔가 번쩍하며 터지는 기척이 있었다. 출구의 기척인가 하고 화들짝 눈을 뜬 목소리는 용수철처럼 튀어 일어섰다. 높푸른 하늘을 배경으로 공중에 대형 홀로그램이 둥실 뜨더니 장면들이 지나가기 시작했다. 어떤 장면은 잇따라 넘어가는 책장처럼 순식간에 지나갔고, 어떤 장면은 서진에 눌렸다 넘어가는 책장처럼 잠시 머물다 지나갔다.

장면이 넘어갈수록 목소리의 두 뺨은 눈물바다가 되었다. 장면들은 목소리가 세상에서 살고 온 65년 치 인생이었다. 효율적으로 요약되고 편집된 장면들은 그 시절들을 한 치의 오류도 없이 담고 있었다. 따라잡기 힘든 속도로 넘어가는 장면들도 그 내용이 지장 없이 파악되었다. 파악 능력이 속도에 따라 자동으로 조절되었다. 잠시 머물다 넘어가는 장면들은 일생의 특별한 사연들이었다. 가족과 함께했거나 홀로 겪은 특별한 기쁨, 특별한 슬픔, 특별한 보람, 특별한 성취, 특별한 후회…….

홀로그램은 이제 막을 내리려는지 점점이 빛점으로 흩어지며 지지직거렸다. 까마득히 잊었던 기억들까지 자신의 일생을 낱낱이 관람한 목소리는 감회를 어쩌지 못해 그저 멀거니 빛점들만 바라보았다. 자잘한 빛점들은 한가운데로 모이더니 탁구공만 한 둥근 빛점이 되었다. 홀로그램이 종료되려니 했던 목소리는 또다시 놀란 가슴이 되었다. 둥근 빛점이 길쭉이 가로줄을 긋더니 그 줄을 통해 사진이 한 장씩 나오기 시작했다. 사진들은 포토프린터에서 밀려 나오듯이 차례로 내려왔다가 사라졌다. 목소리는 헛것인가 하고 눈을 비볐다가 다시 보곤 했다.

사진 속 장면들은 목소리가 죽은 뒤에 벌어진 집안일들이었다. 낱장 사진이지만 홀로그램의 경우처럼 사진 속 상황의 앞뒤가 충분히 파악되었다. 미혼이었던 막내딸의 늦은 결혼, 큰아들의 부도와 빚잔치, 작은아들네 사고뭉치 손자의 말썽들과 회심, 아내의 교통사고와 기적적인 회복, 자식들의 간병과 형제간의 갈등……. 그다음으로 몇몇 친인척의 사진이 넘어가더니 가까웠던 친구들이 나타났다. '한수! 한수는?' 친구들 안부가 몇 장쯤 넘어간 뒤에 마침내 한수 소식을 마주한 목소리는 다리를 후들거렸다.

한수 소식은 투병 중인 한수가 가족을 이끌고 고향을 찾은 사진으로 시작되었다. 목소리가 세상을 떠난 지 칠 년째 되던 해였다. 사진에는 막내 혜숙이도 있었다. 이삿짐 트럭 조수석에서 앙상하고 파리한 얼굴로 한수 품에 있었던 그 어린 여자아이가 맞나 싶었다. 아이는 이제 누구보다 건강하고 어엿한 주부의 모습이었다. 고향에 도착한 길로 목소리부터 찾은 한수는 목소리의 사망 소식을 듣고 목을 놓고 통곡했다. 가족들이 뜯어말려 통곡을 그친 뒤에도 목소리 아내의 손을 잡고 하염없이 흐느꼈다. 한수는 그로부터 일 년 뒤에 대학병원 입원실에서 생을 마쳤다. 막내 혜숙이는 자식 중 유일하게 아버지의 병실을 하루도 거르지 않고 지키다가 아버지의 마지막 순간도 함께했다.

한수가 숨을 거두는 사신을 끝으로 하늘은 다시 모래사막의 먼 지평선을 드러냈다.

"한수야! 한수야!"

목소리는 사진 속 한수와 함께 목놓아 울었다. 아내에게도 내

색하지 않았던 반평생의 회한과 회포가 한꺼번에 끓어올랐다. 그대로 말 수 없었다. 목소리는 곰곰 생각에 잠겼다. '이런 식으로 지난 인생을 보여주는 이유가 뭐겠어? 삶을 돌아보고 정리하라는 뜻이잖아. 그렇다면 이 사막은 영혼세상으로 들어가기 전에 누구나 공통으로 거치는 하늘일 거야. 기억하늘! 한수도 분명히 왔을 테고, 인생 장면들을 봤겠지? 내가 카메라에 갇힌 사고도 봤을까? 어쩌면 여기 어디서 날 기다릴지 몰라. 영혼세상으로 들어가면 세상 기억은 잊을지 모른다는 생각은 많이들 하잖아. 한수도 그랬을 테고……' 목소리는 확신했다. 영혼세상으로 가기 전에 혹시 누군가와 재회한다면, 그 장소는 분명 이 기억하늘일 거라고.

"잠깐 얼굴만 보면 돼. 씨름판 일은 무조건 내 잘못이었다고. 고향 떠나 이사해 살던 데를 어떻게든 수소문하지 못해 미안했다고. 내내 그리웠다고. 이 몇 마디만 전하면 돼. 더 바라지도 않아!"

목소리는 모래사막을 둘러보며 소리쳐 혼잣말을 하다가 문득 목을 길게 뺐다. 멀찌감치 둥그스름히 솟은 모래 언덕이 눈에 들어왔다. 바로 전까지만 해도 눈 닿는 곳은 한 뼘도 예외 없이 평평할 뿐인 모래사막이었다. 바람 한 점 없는 곳이니 모래가 날려 새로 만들어진 지형일 리도 없었다. 가슴이 두근거렸다. 재회의 방식이 시작된 것이리라. 목소리의 그 확신에 종지부를 찍어주듯 언덕마루에서 형체 하나가 어른거리기 시작했다. 목소리는 그 즉시 모래 언덕을 향해 달려 나갔다.

"한수야! 한수야!"

빛깔손과 검은바다

 모래 장난을 하다가 그대로 누워 잠들었던 동수는 초록안개의 충격이 말끔히 가신 얼굴로 눈을 떴다. 높디높은 하늘, 깊디깊었던 잠……. 만족감에 늘어지게 기지개를 켜고 양옆을 둘러본 동수는 불안한 기색으로 일어나 앉았다.
 "할아버지? 할아버지!"
 동수는 모래사막을 휘둘러보며 목소리를 불렀다. '혹시 영혼 세상에 들어가셨나? 아니야, 그럴 리 없어. 딴 데로 혼자 이동되셨을 리도 없어. 위험하다고 날 그렇게나 단단히 붙잡고 챙기셨는데…….'
 온갖 생각이 스쳤지만 소리쳐 부르는 것 말고 동수가 달리 해 볼 행동은 없었다.
 "할아버지! 어디 계세요! 할아버지!"
 동수가 소리쳐 부르다 말고 흠칫 목을 움츠렸다. 허공이 소리를 통제하는 것 같았다. 음량의 어느 한도 이상은 입술 밖으로 나가지도 못하고 목구멍으로 되돌아왔다. 목청을 높일수록 목이 졸리는 고통이 가해졌다. 고요를 깨지 말라는 경고처럼. 응징은 가혹해 동수는 곧 탈진되고 말았다. 더할 수 없는 청량감과 안도감을 주던 그곳은 이제 공포의 사막이었다. 완벽히 동일한 장소의 완벽한 돌변이었다. 꿈속이라고 믿는 동수로서는 언제든 깨면 그만이었지만 목소리가 행방불명인 상황에서는 문제가 달랐다. 목소리에게는 꿈속이 곧 현실이었다. 사고가 생긴 목소리의 현실을 나 몰라라 하고 꿈에서 깰 생각은 동수에게 없었다.

 망망대해 같은 사막에 목소리도 없이 덩그러니 홀로 있는 상황은 공포 너머의 공포였다. 동수는 갈수록 숨 쉬기가 버거웠다. 결국 공포에 질식해 죽든지, 꿈에서 깨든지, 둘 중 하나를 선택해야 하는 한계점에 이르러 동수는 반사적으로 소리쳤다.
 "일어나! 깨야 돼!"
 이상했다. 꿈속에서 꿈임을 인식하는 경우에는 마음만 먹으면 깰 수 있었는데 여전히 사막이었다. 동수는 반복해 소리쳤다. 워낙 별난 꿈이어서 그러려니 했지만 아무리 반복해도 소용이 없었다. 심지어 이부자리 상황인 듯이 모래사막에 누워 팔다리를 버둥대며 깨나는 행동을 재현했지만 우스운 짓으로만 끝날 뿐이었다.
'설마!' 동수는 우스운 그 짓을 덧없이 반복하던 끝에 알았다. 꿈속이 아니라는 사실을. 목소리가 왜 그렇게 손을 놓지 말라며 노심초사했는지, 왜 그렇게 창백한 얼굴로 혼자 심각했는지, 다른 세상으로 온 셈 치라며 왜 그렇게 간절히 부탁했는지, 잠깐씩 들었던 의아심들이 비로소 풀리는 순간이었다.
동수는 질린 얼굴로 서 있다가 다시 목소리를 찾아 두리번거렸다. 꿈속이 아님을 분명히 인지했지만 그 감각은 곧 희미해지며 끊어져버렸다. 두뇌 속 어떤 요소가 사실 인정을 재빨리 지워버린 듯 그에 관한 한 거기까지가 다였다. 체감되는 현실은 오로지 목소리의 묘연한 행방이었다. '할아버지가 날 두고 떠나셨을 리 없어. 분명 내가 모르는 절박한 일이 벌어진 거야……'
동수는 걷기 시작했다. 살려면 몸이라도 움직여야 했다. 꿈에서 깨려는 발버둥을 벌인 동안은 잠잠했던 질식 증세가 다시 시작돼 금방이라도 쓰러져 죽을 것 같았다.
물기라곤 없는 그 모래는 걸음에게는 진흙보다 더 끈적거렸다. 디딘 발을 잡아당기기만 하고 놓으려 하지는 않았다. 걸음에 속도가 붙을 리 없었다. 음량을 통제하듯 이동 속도도 통제하는 모양이었다.

걸음마를 떼듯 힘겹게 걷던 동수는 이동한 거리가 궁금해 뒤를 돌아봤다가 어리둥절했다. 걸음에게는 진흙보다 더 끈적거린 만큼 발자국이 뚜렷이 남아야 했는데 스친 자국조차 없었다. 걸음을 막 뗀 자리조차 말짱히 판판했다. 디딘 발을 들어올리는 순간에 바로 자동 복원이 된다는 의미였다. 흔적 하나 없이. 소름이 돋았지만 한편으로는 반갑기도 했다. '이래서 할아버지 흔적이 하나도 없었던 거야. 이제 됐어. 어딘가 계시는 게 분명해!'

모래사막은 걸어도 걸어도 모래사막이었다. 동수는 흐려지는 의식으로 넘어졌다 일어서기를 거듭했다. 울창한 아름드리나무 숲길의 환상까지 눈앞에 그리며 고군분투했던 동수는 끝내 정신을 잃고 쓰러졌다.

시간의 흐름도 헤아려지지 않는 사막에서 동수는 어느 시점에 정신이 들었다가 급히 일어섰다.

"저게 뭐지?"

알록달록 색색의 빛을 내뿜는 빛줄기들이 아주 멀리서 무더기를 이루고 남실거렸다. 신기루일까 싶어 동수는 촉각을 곤두세우고 내다보았다. 빛줄기들은 사라지기는커녕 점차 더 왕성하게 남실거렸다. 설혹 신기루라 해도 믿는 수밖에 없었다. 빈 어항 속 같은 모래사막에서 비록 허깨비일지라도 무언가 눈에 보였다면 그리로 가야 한다는 묵시였다.

  동수는 빛줄기들의 군무를 멀리로 마주하고 다시 걷기 시작했다. 눈에 보이는 목적지가 생겼다는 사실 앞에서 눈물이 날 지경으로 행복했다. 발뒤꿈치를 물고 늘어지는 모랫바닥도 더는 힘들게 느껴지지 않았다. 쉴 새 없이 남실거리는 빛줄기들에게 감사를 보내며 동수는 한 발 한 발 나아갔다.

  목적지는 너무 멀리 있었다. 열정으로 걸었지만 몸의 한계로 다시 정신을 잃었다가 깨면서 동수는 또 급히 일어섰다. 아무리 걸어도 멀리로만 보였던 빛줄기들이 바로 백 미터쯤 앞에 있었다. 도무지 믿기지 않아 동수는 모랫바닥을 발로 눌러 보고 손으로 쓸어 보기도 했다. 정신을 잃기 전과 달라진 점은 어느 한 가지도 없었다. 빛줄기들이 저 스스로 다가왔다는 추측만이 가능했다.

  백 미터 앞에서 본 빛줄기들은 마구 뒤엉킨 무더기가 아니었다. 빛줄기들의 모둠이었다. 각자의 춤사위로 자유롭게 남실거리면서도 뿌리는 한 밑동에서 갈려 나온 듯 그 위치가 모두 확고부동했다. 하나하나가 모둠의 '빛깔손'이었다. 빛깔손들은 시시각각으로 길이와 색을 바꾸며 저마다의 춤사위를 펼쳤다. 하늘을 향해 훅 치달아 오르며 꽃잎 모양의 빛가루를 흩날리기도 했고, 실오라기 같은 금색 빛띠를 바닥에 늘어뜨려 냇물처럼 흘리기도 했다.

동수가 넋을 잃고 서서 보는데 빛깔손 하나가 갑자기 길이를 늘이며 날아오더니 동수를 휘감아 데려갔다. 공중에 그어진 포물선 끝에서 동수는 아무런 반응도 보이지 않았다. 이미 황홀경에 빠져 순순히 몸을 내맡기고 있었다.

어딘가 요망하고 강박적이었던 빛깔손은 동수를 자리에 내려놓기 무섭게 나머지 빛깔손들을 데리고 땅속으로 훅 스며들었다. 삽시에 벌어진 장면이었다. 이어진 장면은 더욱 놀라웠다. 빛깔손들이 스며든 자리가 털썩털썩 내려앉으며 지하 계단을 만들었다. 예정된 수순처럼 순간의 머뭇거림도 없이 장면들이 진행되었다.

계단들의 자태는 빛깔손이 제 몸을 녹여 빚은 장식예술이었다. 계단 한 칸 한 칸이 침실이며 정원이었다. 계단 역시 빛깔손이 그랬듯 저마다 제각각이었다. 폭신한 은빛 자갈이 색색의 빛방울을 송알송알 뿜는 스푼 모양의 계단, 푸른 빛방울을 알알이 맺은 채로 산들거리는 노란색 장미 꽃잎 모양의 계단, 흰 빛줄기를 분수처럼 치올리는 연분홍색 조각배 모양의 계단……. 그 오색찬란한 계단들이 지하로 이어졌다.

빛깔손들이 삽시에 땅속으로 스며든 뒤에야 제정신을 찾은 동수는 지하 계단의 황홀경 앞에서는 긴장을 놓지 않았다. 그렇더라도 그 계단은 눈으로만 보고 말 대상이 아니었다. 계단은 어디로든 이르는 길일 테고, 목소리를 찾으려면 마땅히 따라 내려가야 하는 길이었다.

"할아버지! 여기 계세요? 할아버지!"

동수는 목소리를 부르며 첫발을 내려디뎠다. 향기로웠다. 동화 속 같은 계단들은 향기마저 뿜었다. 계단의 자태가 제각각이듯이 향기도 계단마다 색달랐다. 동수는 후각의 흥취에 더욱 강렬히 이끌리며 그다음 계단들로 내려섰다.

일곱째 계단은 마름모꼴의 널찍한 모퉁이 계단이었다. 동글동글한 흰망울꽃이 바닥에 흐드러지게 피어 한들거렸다. 그 한가운데에 키 낮은 연보라색 팔걸이의자가 있었다. 모퉁이를 돌기 전에 잠시 쉬어 가라는 주인장의 배려처럼. 동수는 성큼 다가가 앉았다. 몸으로 느끼는 의자는 보기보다 월등히 안락했다. 그 계단의 향기는 후각을 넘어 청각의 홍취마저 돋우었다. 향기가 선율이 되고 선율이 또 다른 향기가 되며 몸과 마음을 무아지경으로 이끌었다. 무엇을 더 바랄까, 동수는 눈을 감으며 팔걸이에 팔을 걸쳤다.

동수가 팔을 걸치고 의자에 몸을 깊이 묻을 때였다. 계단들이 녹아내리기 시작했다. 빨갛게 달아오른 냄비 속 설탕처럼 급속도로 녹아내렸다. 알갱이 하나 없이 액화된 계단들은 각각의 휘황했던 색채를 서로 격하게 섞으며 칠흑의 어둠이 되어 갔다. 온통 어둠뿐인 어둠으로.

"아················."

동수는 발버둥을 쳐 볼 새도 없이 빨려 들며 가라앉았다. '검은바다'로.

동수는 옴짝달싹 못 하고 숨만 겨우 쉬었다. 어둠은 제 어둠을 새끼줄처럼 뻗어 동수 몸속으로 기어들었다. 신체의 크고 작은 모든 구멍으로 기어들어 몸 구석구석을 점령한 어둠의 새끼줄은 눈동자를 움직이거나 신음을 내는 것조차 허락하지 않았다. 짧고 빳빳한 가시가 빽빽이 돋은 파충류의 느낌으로 장기들을 찢고 옥죄며 몸속을 휘돌아다녔다.

어둠의 새끼줄은 끊임없이 흘러들어 몸속을 일주한 뒤에 흘러 나갔다. 앞다투어 먹이를 맛보려는 줄서기 같았다. 몸밖의 어둠도 가만있지 않았다. 동수를 놓고 사방팔방에서 압력을 가했다. 압력으로 형틀을 채우는 형국이었다. 몸 안팎의 어둠에 의해 이미 신체 조직은 다 망가졌다고 여기며 동수는 목숨이 끊어질 순간만 기다렸다.

검은바다의 한 지점에서 동수는 혼절했다 깨기를 시계추처럼 반복했다. 그런 상황에서는 혼절이 죽음으로 이어져야 했지만 잔혹하게도 검은바다는 공포를 느낄 만큼은 살려 두었다. 동수는 깰 때마다 그다음 혼절을 꿈았고, 혼절로 들 때는 부디 깨지 말기를 빌었다.

동수는 또 한 번의 혼절에서 깨어나며 미친 듯이 부르짖었다. "할아버지! 카메라에 갇혔던 고통도 이랬었나요? 전 어떡해야 되죠? 저한테도 방법이 있나요? 네? 대답 좀 해줘요! 대답 좀!" 혀를 움직일 수는 없었다. 머릿속에서 불시에 솟구친 저항이었다. 저항에 대한 메아리였을까, 머릿속 한 지점에서 얼음장처럼 차디찬 바람줄기가 일었다. 동수는 그 시린 느낌의 정신

자락을 시퍼런 서슬로 붙들고 늘어졌다. 놓칠 수 없는 기회였다. '오동수! 죽을 때 죽더라도 할아버지 흉내라도 내 보자! 응? 움직여 보자! 움직여야 돼!'

동수는 방법부터 생각했다. 몸 안팎이 온통 어둠의 새끼줄에 결박돼 감각의 대부분을 잃은 상태였다. 움직임을 시도하려면 기준과 정교함이 필수일 것 같았다. 손이 어딘지 발이 어딘지도 모르고 닥치는 대로 시도하다가는 진만 빼다가 나가떨어질 일이었다. 먼저 손을 기준으로 삼고 손의 위치를 어림짐작하기로 했다. 어림짐작이라지만 결과는 반드시 정확해야 했다. 그렇게 해서 잡아낼 위치도 마음의 확신으로만 확정해야 했다. 뜬구름 잡기가 따로 없었다. 믿는 수밖에.

지난한 몸부림 끝에 손이라는 확신이 들었을 때 동수는 사막의 지표를 뚫고 나가 푯대를 우뚝 세운 기분이었다. 벅차오르는 감격을 억누르며 동수는 다음 단계로 들어갔다. 손의 끝 선을 점점이 길어 올려 윤곽을 연결한 뒤에 면을 붙이고 속을 채우며 형상을 입체화하는 정교함의 단계였다. 초고층 마천루를 홀로 벽돌 한 개씩 쌓아 올려 짓는다면 이런 고통일까 싶었다. 긴긴 사투 끝에 동수는 마지막 단계로 들어갔다. 열 손가락의 마디마디를 향해 피땀의 최종 메시지를 보내는 단계였다. 치유의 숨을 흘려보내듯. 천 년을 산다 해도 누구든 자신의 손가락 마디마디를 그리도 염원할 일은 없을 터였다. 마침내 양손이 머릿속에서 또렷이 완성된 순간이었다. 머릿속 한구석에서 실올 같은 핏줄들이 급속히 교차하는 느낌이더니 거짓말처럼 눈앞에 큐브가 그려졌다. 빨주노초파하! 칠흑의 바다에 그려진 알록달록한 정육면체는 전구를 탁 켠 듯 몸 안팎을 밝혀주었다. 바로 뒤이어 큐브 공식들이 떠올랐다. 동수는 양손으로 큐브를 쥐고 천천히, 아주 천천히 돌리기 시작했다. 천천히 천천히. 천천히,에서 조금이라도 속도를 흩트리면 큐브는 연기가 되고 말 것 같았다.

검은바다도 자신의 천편일률적이고 길고 긴 가학 행위에 어쩌면 질렸을 때쯤이었다. 동수는 기어이 맞추기에 성공했다. 흥분을 경계하며 동수는 또 한 번의 맞추기로 들어갔다. 천천히, 아주 천천히······. 점점 더 조심스러웠다. 큐브가 희미해지는 순간들이 있었다. 머릿속 기억에 배인 큐브 공식과 손끝에 배인 운동 기억이 삐긋 어긋날 때면 그랬다. 그때마다 동수는 목소리를 불러냈다. 복사의식을 만들 때 쏟았다던 그 무서운 집중을. 긴장조차 끼어들 새 없이 깊고 고요한 집중은 두 번째 맞추기도 성공으로 이끌었다. 이어서 세 번째 맞추기로 들어가려 할 때였다. 확연히 느껴졌다. 머릿속 손가락에 연결된 실제 손가락의 생생한 움직임이. 여세를 몰아야 했다. 동수는 천천히,에 조금씩 속도를 더해 나갔다.

맞추기를 무던히 반복한 끝에 동수는 열 손가락과 열 발가락 모두를 움직이게 되었다. 동수는 치솟은 자신감으로 종아리도 저어 보았다. 움직였다. 횟수가 거듭되면서 움직임에 힘도 붙었다. 그동안에도 어둠의 새끼줄은 몸속을 할퀴며 휘돌아다녔지만 이미 동수에게는 가소로운 위협이었다.

동수가 격렬히 발장구를 치기에 이르렀을 때는 어둠도 따라서 출렁거렸다. 그 출렁임은 장막을 젖히자 무더기로 쏟아져 들어온 빛살 이상의 광명이었다. 동수는 검은바다의 출렁임을 타고 쭉쭉 헤엄쳐 나가기 시작했다. 직진하는 헤엄이었지만 이따금 몸이 자동으로 방향을 틀었다. 검은바다가 스스로 축을 뒤트는 건지, 헤엄이 검은바다에 착란을 일으키는 건지, 알 수 없었다.

사람광장

 검은바다 역시 초록안개처럼 토악질로 뱉어버렸지만 동수는 정신도 잃지 않았고 나동그라지지도 않았다. 완벽한 연착륙이었다. 땅을 디딘 자신의 두 발을 보며 동수는 풀썩 무릎을 꿇었다.
 "해냈어! 해냈어! 할아버지! 제가 해냈어요!"
 어둠의 새끼줄에 성대까지 결박됐던 동수는 목청을 다해 울부짖었다. 그러다 문득 옷을 들추고 손바닥으로 몸 구석구석을 문질렀다. 아직 남아 있는 어둠의 새끼줄의 느낌이 끔찍했다. 할 수만 있다면 온몸을 홀랑 뒤집어 소독제를 들이붓고 박박 문질러 닦고 싶었다.
 "얘! 울고불고하더니 몸은 또 왜 문지르고 그래?"
 검은바다의 악몽을 터느라 아무 정신이 없었다가 동수는 놀란 눈을 들었다. 사람들이 있었다. 소리쳐 물었던 여자가 누군지도 분간이 안 되게 사람들이 빽빽이 서 있었다. 동수는 그들을 둘러보다 말고 뛰어 달아나기 시작했다.

　사력을 다해 달아났지만 사람들은 어디에나 마찬가지로 빽빽했다. 그들로부터 멀어지기 위해 달아나는 행동은 아무 의미가 없었다. 터지기 직전인 심장 때문에라도 동수는 뜀박질을 멈춰야 했다.

　그곳에는 셀 수 없이 많은 사람이 끝 모를 광장에 끝도 없이 있었다. 사람 말고는 무엇 하나 눈에 띄지 않았다. '사람광장'이었다. 그들의 수가 많고 적음은 문제가 아니었다. 동수가 기겁해 달아난 이유는 그들의 모습 때문이었다. 사람 하나가 셋이기도 하고 열이기도 하고 스물이며 서른이기도 했다. 여러 얼굴이 모여 사람 하나를 이룬 형태였다. 앞 뒤 옆 할 것 없이 다닥다닥 두드러기처럼 얼굴이 돋아난 경우도 흔했다. 성별이나 연령이나 인종의 구분 없이 한 덩어리가 된 합체인간들이었다. 그들 사이에는 언어 장벽도 없었다. 서로 각자의 언어로 말했지만 상대방 언어를 걸림 없이 알아들었다. 동수도 마찬가지였다. 각각으로 분화됐었던 언어들이 마치 오래전의 원형을 관통하는 듯했다.

　숨을 고르는 동안 동수는 검은바다를 돌이키며 마음을 달리

먹었다. '검은바다, 그 암흑지옥도 물리쳤잖아. 여긴 발 디딜 땅도 있고 숨도 마음껏 쉬고 움직일 자유도 있잖아. 검은바다에 비하면 무조건 감사하고 볼 환경이야. 기괴한 외양쯤이야 얼마든지 웃어넘길 수 있어. 할아버지도 빛깔손에 홀려서 어둠에 갇혔다가 이리 오셨겠지? 이제 할아버지 찾는 건 시간문제야!' 동수는 두리번거리다가 구성원이 가장 적은 합체인간을 골라 다가갔다.

"말씀 좀 물어도 될까요?"

그 합체인간은 얼굴이 모두 셋이었다. 더벅머리를 어깨까지 늘어뜨린 젊은 남자, 파마머리를 산처럼 부풀린 중년 여인, 고대 통치자나 썼음 직한 높다란 관을 쓴 노인. 셋은 동수를 마땅치 않은 표정으로 훑어보았다.

"넌 누구니? 어디서 왔어?"

"얘! 우리랑 합치지 않을래?"

"그대는 왜 아직 하나인고?"

얼굴들은 동수 질문에는 아랑곳없이 각자 자기 말들만 했다.

"말씀 좀 물을게요. 혹시 흰 바지저고리 차림의 할아버지, 못 보셨나요?"

동수도 얼굴들 질문을 무시하고 꿋꿋이 물었다.

"할아버지? 그건 모르겠고, 얘, 하나는 초라해서 어디 되겠니? 우리랑 합치자. 응?"

더벅머리 남자 말에 관을 쓴 노인도 나섰다.

"뭐니 뭐니 해도 머릿수가 최고거늘, 그 노인은 우리와 합친 뒤에 찾아도 되지 않겠는고?"

"안 돼. 너만 들어와. 늙은이는 이 영감탱이 하나로 충분해!"

파마머리 중년 여인의 말에 싸움이 붙고 말았다.

"이 교양 없고 무례한 여자여! 이 몸이 네깟 것이 좋아서 같이 있는 줄 아는고? 머릿수가 아쉬우니 할 수 없이 너희를 참는 것이거늘!"

"누가 할 소릴! 사람들이 왜 우리한테 안 붙는지 알아? 당신 때문이야! 내가 어쩌다 이런 노친네랑 합쳤나 몰라! 저 꼴같잖은 머리쓰개며 아니꼽살스런 말투며, 어딜 보나 밉상 아닌 구석이 없다니까!"

둘 다 입심이 좋아 싸움은 쉽사리 끝날 것 같지 않았다. 하루 이틀의 다툼이 아닌지 더벅머리 남자는 그러려니 하며 고개를 돌려버렸다.

동수는 다른 합체인간을 찾아 다시 걸었다. 얼굴 수가 많을수록 저희끼리 소란스러워 단출한 쪽이어야 했다. 얼굴 넷짜리 합체인간이 눈에 들어왔다. 삼십에서 사십 대로 보이는 여자 둘과 남자 둘이었다. 머리 스타일이며 분위기가 모두 평범하고 단정했다. 여자 둘은 길이만 서로 다른 말총머리였고, 남자 둘은 길이도 서로 같은 상고머리였다.

"사람을 찾고 있어요. 흰 바지저고리 차림의 할아버지, 혹시 보셨나요?"

그들은 질문에 걸맞은 대답을 바로 주었다.

"흰 바지저고리? 난 본 기억이 없는데, 언니도 못 봤지?"

"물론이지!"

"그러게, 우리 모두 봤을 리가 없지. 애, 누구든 이 땅에 발을 붙이면 바로 합체들을 하잖니? 우리가 홀몸을 본 건 지금 니가 처음이야. 니 나이 또래도 처음이고. 근데 너 말고 또 홀몸이 있단 말이니?"

"그럼 너랑 그 할아버지는 어떻게 거기서 홀몸 상태로 여기까지 오게 된 거야?"

"거기요? 검은……."

동수는 검은바다를 말하는 줄 알았다가 그 눈치는 아니어서 얼른 얼버무렸다.

"이 땅에 첫발을 딛는 지점 말이야. 사람들이 불쑥불쑥 잇따라 나타나잖아. 너도 그랬을 텐데, 왜 거길 몰라?"

"아, 바로 정신없이 뛰어오느라……."

동수는 그 지점으로 들어오지 않았지만 내색할 수 없었다.

"한마디로 거긴 사람 모으는 전쟁터야. 다 거기서 처음 합체가 돼서 퍼져 나왔잖니. 첫발을 딛는 동시에 두세 명까지는 거의 자동으로 철커덕철커덕 붙기도 하거든. 퍼져서 흩어진 뒤에도 합체들끼리 계속 합체하고. 머릿수가 적은 경우는 대부분 거기서 합체한 걸로 그쳤거나, 아니면 아직 고르는 중이라고 보면 될 거야."

"그럼 어디에서 그 지점으로 오셨어요?"

동수 질문에 얼굴 넷은 하나같이 놀란 표정을 했다.

"너 설마 그전 세상이 실제로 있었다고 믿는 건 아니지? 뭘 그렇게 정색을 하고 물어? 우리야 우스개 공상으로나 어쩌다 얘기하지만."

"아, 그냥요……."

동수 반응에 두 남자가 차례로 염려하는 소리를 했다.

"얘야, 현실은 만만치 않아. 정신 바짝 차려야 돼. 그 지점에서 만난 어르신을 놓친 모양인데, 그분이 아직 홀몸으로 다니실까 모르겠다. 널 까맣게 잊었는지도 모르고. 그런 점들을 두루 따져서 잘 결정해야 할 거야."

"이 세상은 합체하는 문제가 처음이자 끝이야. 그렇다고 아무하고나 합치면 돌이키지도 못하고 불행해지거든. 지금 넌 한가하게 그런 공상거리나 얘기할 처지가 아니잖니? 홑몸이라는 아주 특별한 상황이야. 대부분 합의하에 합체하지만 강제로 당하기도 하니까 조심해야 된다."

남자 둘을 따라 여자 둘도 진지해졌다.

"여기가 얼마나 넓은지는 상상이 안 될 정도야. 잠시도 안 쉬고 사람들이 나타나는 걸 생각하면 알고도 남지. 그러니 그 할아버지 역시 널 찾아다닌다 해도, 둘이 마주칠 가능성은 턱없이 낮지 않겠니?"

"그러게. 다닐수록 서로 어긋나기만 하겠지······."

두 여자를 남자 하나가 막았다.

"못 찾아도 그만이면 얘가 뭐하러 이렇게 묻고 다니겠어? 찾는 데까진 찾아봐야 하는 모양이지."

"헤맬 걸 생각하니까 안쓰러워서 그래. 그러다 찾기라도 하면 다행이지만······."

"너 혹시 우리랑 합치는 거, 어때? 혼자 이러고 다니면 위험하기도 한데. 머릿수가 다섯이 돼도 슬슬 같이 찾으러 다니기엔

지장이 없는데…….”
짧은 말총머리 여자의 제안에 나머지 셋도 살살 고개를 끄덕였다.
"죄송해요. 전 그래도 혼자 다니는 게……."
"아, 그래그래. 아무래도 그게 너로선 편하겠지? 니가 좋은 사람 같아서 혹시나 하고 물어봤어. 괜찮아…….”
여자는 서둘러 제안을 취소했고, 남자 하나가 나서주었다.
"의견을 물어봤을 뿐이야. 우린 자발적인 합체를 원하거든.”
"네, 그러신 줄 알아요. 걱정해주신 점들도 명심할게요. 고맙습니다. 네 분 모두 안녕히 계세요!"
동수는 한껏 예의를 차려 인사했다.
"그래, 우리도 정말 반가웠다. 아무쪼록 꼭 할아버지 만나길 바랄게. 잘 가라!"
남자 하나가 건넨 작별 인사를 따라 모두 활짝 웃으며 손을 흔들어주었다.
동수는 허리 굽혀 공손히 인사하고 돌아섰다. 그 땅의 인생 목표인 머릿수를 아주 포기하지는 못해도 그들은 질적인 선택을 위해 고민할 줄 아는 얼굴들이었다. 괴이한 그 땅에 그런 부류도 존재한다는 사실에 동수는 안도했다. 물론 목소리와 마주칠 가능성이 낮다는 그들의 충고는 과장이 아니어서 막막하기는 했다. 끝 모를 땅을 빽빽이 메운 합체인간의 천문학적인 수를 상상하면 응당한 충고였다.

　맥만 빠지게 하는 생각들이 꼬리를 물어 동수는 걸음에만 집중하기로 했다. 뾰족한 수도 없는 마당에 한 걸음이라도 더 부지런히 걷는 수밖에 없었다. 어차피 뜨고 지는 해도 없어 시간의 존재 여부조차 알 수 없는 곳이었다. 흐린 날의 한낮쯤 되는 밝기에 날씨 변화도 없는 곳이었다. 샅샅이 찾아다니는 끈기만이 필요할 뿐이었다. 동수는 스스로 용기를 북돋우며 걸음에 속도를 붙였다.

　쉴 줄 모르고 걷던 동수는 무릎이 툭툭 꺾이는 증세가 나타나고서야 주변을 살폈다. 어디든 앉아 쉬어야 했다. 다행히 적당한 공간이 눈에 들어와 동수는 잽싸게 숨어들었다. 쪼그려 앉자마자 눈높이로 쏟아져 들어온 수많은 다리는 진풍경이었다. 멀리 가까이 직선과 사선으로 얽힌 다리들. 그야말로 혼란상이었지만 분위기는 의외로 평화로웠다. 선 채로 살아가는 처지에 어떤 다리에도 힘든 기색이 없었다. 살펴보니 이유가 있었다. 다리와 얼굴은 서로 수가 맞았지만 몸통은 달랐다. 합체해 한 덩어리가 된 몸통은 삼분의 일 정도의 분량밖에 되지 않았다. 서서 살게 마련이었다. 교대로 휴식을 취하는 다리들의 조화는 여간 재미있지 않았다. 건들거리는 다리들, 발레 율동을 하는 다리들, 다리걸기를 하며 서로 장난치는 다리들, 발바닥을 서로 부딪치는 다리들, 탭 댄스를 흉내 내는 다리들……. 발과 다리로 할 수 있는 동작들이 총망라된 그들만의 향연이었다. 그 속에서 정작 동수가 눈을 의심하며 본 대상은 그들의 옷이었다. 별생각 없이 봤던 옷들이 볼수록 희한했다. 일체형 옷이었다. 합체된 몸이니 옷도 일체형으로 보이는 건 당연했다. 문제는 누더기 일체형이 아니라는 점이었다. 얼굴들 각자의 옷이 디자인부터 소재의 질감이며 무늬까지 모조리 합성돼 몸들의 굴곡을 따라 한 벌이 된 형태였다. 이음새도 없었다. 다만 색상은 서로 뭉개져 전체적으로 우중충했고, 머리 부분에 속한 모자며 장신구만 알록달록 제각각이었다. 문명이라곤 없는 땅에 불가해한 기술이 적용된 옷이라니. 육신의 합체는 그 땅의 생래적 속성이라 칠 수 있었다. 물품이면서도 인공의 개입 없이 절로 합체된 듯 보이는 옷에 대해서는 마땅한 해석이 떠오르지 않았다.

앉은 모습이 주변 합체인간들의 시선을 끌기 시작하면서 동수는 자리에서 일어섰다. 쑥덕이는 몇몇을 못 본 체하고 걸음을 떼는데 뒤에서 누가 우악스레 팔뚝을 잡아당겼다.
"야! 넌 왜 혼자야? 어서 붙어!"
동수는 경악하며 얼굴들을 훑어보았다. 그 합체인간은 머릿수를 세기도 힘들 정도로 비대했다. 너무 빽빽해 반쪽만 노출된 얼굴들도 있고, 눌려서 우그러진 얼굴들도 있었다. 동수 팔뚝을 잡아당긴 남자 얼굴은 한눈에도 폭력배였다. 그 합체에서 왕초 노릇을 하는 모양이었다. 비좁은 틈에서도 근육질의 양팔을 저 혼자만 불편 없이 내놓고 휘둘렀다.
동수는 눈을 똑바로 마주치고 대답했다. 기에 눌리면 도망칠 용기도 내지 못할 것 같았다.
"아니요. 안 붙을 거예요. 사람을 찾고 있거든요. 흰 바지저고리 차림의 할아버지, 혹시 못 보셨나요?"
기가 죽기는커녕 질문까지 던지는 동수를 왕초는 눈알에 불을 켜고 노려보았다. 동수도 마주 노려보았다.
"야! 니가 감히 대장을 노려보면 어쩔 건데? 붙여주시면 고맙겠습니다, 하고 냉큼 붙어야지!"
왕초 바로 옆에 뾰루지처럼 돋은 얼굴들이 너도나도 나서며 아부를 떨었다.

"이 답답아, 황송한 줄 알고 어서 붙어!"
"우리만큼 머릿수 많은 합체는 처음 봤지? 이게 다 우리 대장이 워낙 유능하신 덕분이거든!"
"참, 내가 합체 과정 말해줄까? 너랑 대장이 합체하기로 합의하고 접촉한단 말이지, 그럼 뭐가 찌르륵 통하다가 잠깐 눈앞이 깜깜해진단 말이지, 그러다 다시 환해지면 짜잔, 드디어 우리랑 합체된 걸 보게 된단 말이지! 너무 간단하지 않음?"
빨간 챙모자 남자가 까불거리며 말하는데 여자 하나가 쉿소리를 질렀다. 앞니가 온통 까맣게 썩은 여자였다.
"합의? 뭔 개뿔 같은 소리? 대장 손에 잡힌 이상은 게임 끝인 거 몰라? 이제 곧 철커덕 합쳐질 건데!"
동수는 썩은 앞니의 말끝에 미친 듯이 버둥거렸다. 왕초는 손아귀에 더욱 힘을 주며 낄낄댔고 졸개들도 따라서 낄낄거렸다. 비열한 웃음들이 번져 나가는데 그 틈에서 누군가 동수를 향해 소리쳤다.
"손을 물어! 죽어라 물어! 어서!"
동수는 지체 없이 왕초의 손등을 물어뜯었다. 우두둑뚝! 힘줄까지 뜯기는 소리였다. 왕초는 비명을 지르며 동수 팔뚝을 팽개쳤다. 놓여난 동시에 동수는 튀는 불똥처럼 달아났다. 왕초는 동수를 쫓으려 했지만 서너 걸음도 옮기지 못했다. 비대한 몸집도 문제였지만 왕초에게 동조하지 않는 얼굴들이 끝까지 발을 뻗댔다. 왕초는 입을 싸게 놀린 썩은 앞니에게 고래고래 악을 쓰며 분을 풀었다.

 동수는 또 누군가 강제 합체를 시도할지 몰라 뜀박질을 멈추지 못했다. 헐떡대며 달리는 와중에도 목소리를 소리쳐 불렀지만 외침 역시 딱하기만 했다. 얼굴들이 동시다발로 내는 웅성거림에 묻혀 외침은 몇 미터도 퍼져 나가지 못했다. 결국 호흡이 한계에 이른 동수는 한 합체인간과 눈이 마주친 김에 뜀박질을 그만두었다.

 그 합체인간은 머릿수도 셋밖에 되지 않고 인상도 모두 밝았다. 할머니 하나와 젊은 여자 둘이었다. 동수는 합체인간의 최소 머릿수가 셋이라는 사실을 문득 알아챘다. 서서 살려면 다리가 적어도 여섯은 돼야 하는지.

 동수는 그 곁에 서서 허리를 구부리고 가쁜 호흡을 가라앉혔다. 단발머리 젊은 여자가 먼저 말을 붙였다.

 "얘. 넌 왜 아직 홑몸으로 이렇게 뛰어다녀? 얼마나 부르고 다녔으면 목도 다 쉬었네. 할아버지를 잃어버렸니?"

 "네. 혹시 흰 바지저고리 차림의 할아버지, 못 보셨나요? 저처럼 홀몸이시거든요."

"홀몸 할아버지? 아니, 못 봤어. 코코, 넌 혹시 봤니?"

단발머리 여자가 또 다른 젊은 여자를 이름으로 호칭했다. 합체인간도 이름이 있다는 사실에 동수는 놀랍고 반가웠다. 코코로 불린 여자는 큼직한 은색 링 귀걸이를 달랑거렸다.

"사야트, 너도 참. 홀몸은 우리 다 지금 처음 보잖아."

코코와 사야트는 초롱초롱 눈을 빛내며 동수를 뜯어보았다.

"안 그래도 뛰어오는 널 보면서 우리끼리 얘기하던 참이었어. 이제 홀몸들도 있으려나? 쟨 합체 타임을 놓쳤나? 하고. 그러고 말려는데 니가 우리 옆에 멈춘 거야. 사람이라면 지긋지긋해서 우리 대부분 남한테 별 관심이 없잖니."

동수는 그 말에 바로 수긍이 갔다. 그러고 보니 합체인간 대부분은 무덤덤한 반응들이었다. 그들 모두 그간 홀몸을 본 적이 없다면 자신은 대단한 구경거리며 그들에게 둘러싸여 이동도 어려웠어야 했는데.

"그래도 얘, 욕심 많은 사냥꾼들은 너한테 관심이 클 수 있어. 어지간한 머릿수로는 절대 만족 못 하는 작자들이 있거든. 그런 작자들은 폭력성까지 있으니까 조심 또 조심해야 돼."

"우리 근처에 그런 못된 뭉텅이가 하나 있었는데, 다들 싫어

하는 눈치니까 조금씩 자리를 옮기더니 이젠 아주 멀어졌어."

"네, 무슨 말씀인지 알아요. 조심할게요."

"애야, 넌 이름이 뭐니?"

그때까지 듣고만 있었던 할머니가 살갑게 물었다. 할머니는 하얗게 센 머리카락을 인디언 풍으로 길게 땋아 늘여 분위기가 어딘지 묘했다.

"동수예요. 오동수. 동수라고 부르시면 돼요."

"그래그래. 동수야, 돌탑에는 가 봤니?"

동수는 귀가 번쩍 뜨였다.

"돌탑이요? 그런 데가 있나요? 어딘데요?"

"아직 모르고 있었구나. 누굴 찾는다면 거기는 꼭 가 봐야 하지 않겠니?"

"할머니! 전 그런 데가 있는지도 놀랐어요!"

동수는 흥분했고, 코코와 사야트는 그런 동수를 보며 덩달아 들썩거렸다.

"동수야, 있지, 있는 힘껏 높이뛰기를 해 봐. 그러다 보면 돌탑 끝이 보일 수도 있대!"

"그래, 어서 해 봐! 누굴 찾아 헤매려면 한 번씩 방향을 확인해야 되잖아. 돌탑을 기준으로 하면 적어도 같은 데는 맴돌지 않지 않겠니? 돌탑까진 꼭 안 가도."

"참, 할머니! 동수를 우리 위에 태워줄까요? 잘 보이게."

"좋은 방법이다! 할머니, 우리 그렇게 해요. 네?"

코코와 사야트의 의견에 할머니가 손사래를 쳤다.

"그건 위험해. 그러다 우리랑 합체라도 되면 어쩌려고. 동수가 합체를 원한다면 또 모를까……."

얼굴 셋이 도란거리는 동안에 동수는 제자리높이뛰기를 시작했다. 한 번, 두 번, 세 번……. 최대치에 이를 때까지 반복해 뛰어올랐다가 숨을 돌린 뒤에 방향을 바꿔 다시 뛰어올랐다. 몇 센티라도 더 높이 뛰려고 동수는 자신이 높이뛰기 금메달리스트라는 상상까지 동원했다. 숨은 찼지만 뛰어오를수록 무릎에 탄력이 붙었다. 들쭉날쭉한 머리통들이 전부였던 시야가 점점 머리통들을 넘어 뻗어 나갔다. 얼굴 셋은 동수의 높이뛰기를 경이에 찬 눈으로 지켜보았다. 무덤덤했던 주변 합체인간들도 그것만은 끝까지 지켜보았다.

"돌탑 끝이 보였어요! 이쪽에 돌탑이 있어요!"

마침내 동수는 환호했고, 코코와 사야트는 방향을 가리키는 동수 손가락을 보며 수선을 피웠다.

"정말? 정말 보였어? 너 높이뛰기 진짜 잘한다!"

"너 있지, 돌탑에 구경 가는 사람들이 왜 거의 없는지 아니? 바로 이 제자리높이뛰기 때문이래. 이거 하는 게 싫어서 대부분 포기하는 모양이야!"

"우리도 그렇지만 이 주변 사람들도 다 안 갔어. 지나던 사람한테 오래전에 언뜻 들었는데, 돌탑 높이가 엄청난 거 빼곤 볼 것도 없대. 이상한 거지들도 득실댄다던데!"

"그러니 높이뛰기까지 하면서 굳이 갈 생각이 들겠니?"

코코와 사야트는 동수가 끼어들 틈도 없이 재잘거렸다.

"누가 아니래. 동수는 홀몸이라 멋지지만 우린 제자리에서 뛰는 꼴이 얼마나 우스꽝스럽겠어?"

"그러고 보니 코코, 높이뛰기 하는 걸 본 기억이 우리 다 없지 않니? 듣기만 했지. 혹시 그걸 할 필요가 없는 사람들이나 구경 가는 건 아닐까? 돌탑이 보이는 구간에 사는 사람들!"

"사야트, 니 말대로 그쪽 사람들이 많이 가겠지. 그래도 꼭 그렇진 않을 거야. 높이뛰기에 대한 소문이 있는 걸 보면."

"그렇긴 하네. 아무튼 안 가고 말지, 이 인파를 헤치고 그 짓까지 하면서 뭐 하러 가. 그치?"

할머니는 마냥 곁길로 새는 코코와 사야트의 수다를 눈웃음으로 듣다가 손을 살짝 들어 제지했다.

"그래도 동수는 꼭 가 봐야 하는 장소야. 우리가 직접 안 봤으니 돌탑에 우글댄다는 거지들이 꼭 거지라는 법도 없고. 그중에 동수가 찾는 할아버지가 계실 수 있잖니? 어쨌든 동수야, 넌 우리랑 사정이 한참 다르니 어서 출발해. 응?"
"네, 고맙습니다! 할머니, 늘 건강하시고 오래오래 사세요!"
"오래오래 살라고?"
흔한 인사말 끝에 코코가 놀란 투로 물었다. 합체인간은 죽지도 않는다는 사실을 동수는 간발의 틈에 또 알아챘다.
"아뇨 아뇨, 계속 건강하시라는 뜻이었어요."
"난 또. 싸우거나 해서 다치지만 않으면 달라질 게 있니? 그런 경우도 거의 없고. 더구나 우리 셋은 사이가 너무 좋아서 그럴 일은 없어. 너야말로 못된 작자들 피해서 잘 다녀!"
그들은 죽지 않을 뿐 아니라 사고만 없으면 몸 상태도 그대로 유지되는 모양이었다. 그 김에 동수는 궁금했던 점을 물었다.
"뭐 좀 여쭤볼게요. 각자 입었던 옷이 어떻게 이렇게 하나로 이어졌죠? 이어지는 과정은 어땠어요?"
"또 뭔 소리? 옷도 합체되는 건 당연한 거 아니니? 과정이 어땠어? 우리 따라서 바로 그냥 이어진 거지."
사야트가 어이없어하자 코코가 동수를 감쌌다.

"동수는 합체를 안 해 봤잖아. 모든 게 궁금한 거지 뭐."
"그런가? 그래, 그럴 수 있겠다."
코코와 사야트는 해맑게 웃었고 동수는 미소로만 답했다. 그들에게 옷의 자동합성은 몸의 합체와 동일한 자연현상이었다.
"그럼 할머니, 코코 누나, 사야트 누나, 안녕히 계세요. 돌탑을 알려주셔서 정말 얼마나 고마운지 모르겠어요. 지금처럼 늘 사이 좋으시고 즐겁게 지내세요!"
마음을 다한 동수의 작별 인사에 얼굴 셋은 눈시울까지 붉혔다. 동수로서는 더한 표현도 안다면 하고 싶었다. 여자 둘에 남자 둘이었던 합체인간도 고마웠지만 이번 세 얼굴은 각별했다. 서로 이름으로 호칭해 만남의 여운이 깊었고, 귀한 정보를 알려준 점에서 은인이 아닐 수 없었다.

합체인간의 밀림을 헤치며 가려니 툭하면 방향이 헷갈렸다. 동수는 그때마다 제자리높이뛰기로 해결했다. 하염없이 걷는 동안에 합체 사냥꾼을 알아보는 눈썰미도 생겨 긴장감을 던 동수는 문득문득 사색이 깊었다. 나를 낳은 부모님, 부모님의 부모님, 그 부모님의 부모님, 그 위로 까마득한 조상들……. 그렇게 거슬러 오르고 오르면 다다를 맨 처음. 맨 처음의 그는 어떻게, 왜 존재하게 됐을까. 그때로부터 이어진 삶, 그때로부터 이어진 죽음은 무엇에 기인하며 무엇을 위함일까……. 인류사에 무수히 등장하고 사라져 간 사상가 중 그 누구 하나 해답을 내놓지 못한 물음들이며, 가설들만 덧없이 쌓여 시간이 지날수록 물음 자체가 조롱거리가 된 물음들이다. 그럼에도 여전히 물을 수밖에 없는 물음들이다. 없을 리 없는 맨 처음, 그 맨 처음을 향한 천부의 이끌림 때문일 터였다.

사색이 이끈 걸까. 동수는 불현듯 한 가지 사실과 정면으로 마주쳤다. 여기는 꿈속이 아니라는 사실이었다. 모래사막에서 잠시잠깐 인지됐던 그 사실이 이윽고 확연히 체감되는 순간이었다. 그럼 적어도 감정의 흔들림은 있어야 하는데 그렇지 않았다. 공포에 짓눌렸던 모래사막에서는 인지의 과부하가 감각의 한쪽 문을 굳게 닫았었다 쳐도, 이제는 뼛속들이 체감하는데도 담담하기만 했다. 차이점은 있었다. 두고 온 세 식구의 얼굴이 눈앞에서 부표처럼 오르내린 현상이었다. 물론 그마저도 해묵은 영상으로나 와닿았다. 집은 이미 '지금 여기'가 아니었다. 모래사막에서도 그랬듯 목소리의 깜깜한 행방만이 동수에게는 변함없이 절박한 현실이었다.

뜨는 해 지는 해도 없고 날씨 변화도 없어 몇 날이 지났는지 몇 달이 지났는지 알 수 없었다. 마침내 제자리높이뛰기를 하지 않아도 돌탑이 보이는 지점에 닿은 동수는 감격인지 긴장의 이완인지 모를 상태로 한동안 서 있었다. 그 지점부터는 눈에 띄게 관광객들의 흐름이 분주했다. 돌탑을 향하거나 돌탑을 벗어나는 걸음들이 교차되며 빚어지는 술렁임은 영락없는 유원지 분위기였다. 돌탑 부근에 둥지를 틀고 지내 온 합체인간들은 혼잡만 부르는 관광객들을 무척 짜증스럽게 여겼다. 그 이유로 곳곳에서 이런저런 다툼이 벌어지기도 했다.

관광객들 표정에서는 돌탑을 찾은 목적이 오직 눈요기임이 그대로 보였다. 돌탑 부근에 사는 합체인간들이나 관광 온 합체인간들이나 돌탑의 존재 이유에 대해서는 어떤 종류의 관심도 보이지 않았다. 동수는 의아심을 떨칠 수 없었다. 자신들 세상의 유일한 구조물이면 그 유래와 의미를 찾아 생을 바치는 자도 많을 일이었다. 그중 한 얼굴이라도 예외가 있으리라 기대하며 그들의 일거일동을 살폈지만 모두 한결같았다. 오죽하면 동수는 자신의 의아심이 의심스럽기까지 했다. 그들만의 초탈한 경지를 이해하지 못하는 무지 때문일까 하고.

음식물 섭취나 배설 행위도 하지 않고 끝 모를 광장을 빽빽이 메우며 서 있거나 둔한 걸음으로 걷는 사람들. 늙지도 죽지도 않으며 결혼과 출산도 하지 않는 사람들. 머릿수 확충이 삶의 목적이지만 타인의 상황에는 무관심으로 무장한 사람들. 이 괴이하고 모순된 삶터는 왜 있게 됐으며, 돌탑은 또 왜 있는지……. 어지러이 얽히는 생각들을 끊어 내며 동수는 마침내 바로 앞에 모습을 드러낸 돌탑을 올려다보았다.

 돌탑은 상부가 평평한 원뿔형 돌계단의 꼭대기에서 곧장 뻗어 오른 막대형 탑이었다. 장식 따위는 일절 없었다. 완만히 쌓아 올려진 원형 돌계단을 받침 삼아 우뚝 선 돌탑은 그 높이가 하늘을 찔렀다. 광막한 그곳의 먼 지점에서 겨우 제자리 높이뛰기로도 돌탑 끝이 보였던 이유를 동수는 그 높이 앞에서 납득했다.
 관광객들은 '높다…….'를 되뇌며 경탄하다가 시선을 내려 계단에 앉은 자들을 구경했다. 동수도 그들처럼 높이에 경탄하다가 계단으로 시선을 내렸다. 원형 돌계단 전체에 빙 둘러 촘촘히 앉은 자들은 합체인간이 아니었다. 팔 하나가 없는 자, 다리가 휘어진 자, 얼굴 곳곳이 패인 자, 고개가 비틀린 자……. 그들은 외톨인간이었다. 모습으로 보아 합체인간으로부터 떨어져 나온 자들이었다. 두 가지 경우 중 하나일 터였다. 합체

했던 얼굴들로부터 집단 버림을 받았거나, 갈등이나 다툼 끝에 모진 각오로 빠져나왔거나. 망가진 외톨몸으로는 폐기물에 불과해 절뚝이거나 기어서라도 어찌어찌 돌탑으로 흘러든 모양이었다. 돌탑까지 오는 동안 외톨인간을 본 기억이 없었던 동수는 그들이 떠나온 곳이 달리 또 있을까 의문스러웠다가 고개를 끄덕였다. 추측이 불가능한 그 땅의 넓이와 인구 밀도를 고려하면 충분히 못 봤을 만했다. 더욱이 계단에 앉은 외톨인간의 수는 오랜 세월에 걸쳐 누적된 수일 테니. 아니 어쩌면, 아주 오래전 어느 특정 지역에서 한때 생겼다 멈춘 사례일 수도 있었다. 사실이 무엇이든 외톨인간에 대한 합체인간들의 이해도는 전무한 편이었다. 코코와 사야트가 외톨인간들을 '이상한 거지'쯤으로 표현했듯이. 동수는 뜻밖의 존재들 앞에서 다시 상념에 잠겼다. '외톨인간들이 자신은 부상자일 뿐 정상적인 독립체라는 인식에 눈뜬다면 어떤 일이 벌어질까? 그들은 그 앎으로부터 자유를 얻을까, 혹은 번민을 얻을 뿐일까? 혹시 그 극소수의 인식이 번져 나가 합체인간들이 독립체를 꿈꾸게 되고, 끝내는 하나씩 둘씩 실행에 옮기는 날이 올 수도 있을까? 천지개벽······.'

동수는 이제 천천히 돌계단 둘레를 돌기 시작했다. 돌탑의 그들 틈에 목소리가 있을지 모른다 했던 갈래머리 할머니의 말이 부디 들어맞기를 바라며 동수는 목청껏 목소리를 외쳐 불렀다.

"할아버지! 할아버지!"

동수가 원형 돌계단을 반복해 돌며 헤아린 계단의 층층은 모두 75칸이었다. 외톨인간들은 같은 듯 다른 홀몸인 동수에게서 눈을 떼지 못했다. 동수의 동선을 따라 일제히 고개를 움직이는 모습은 꼭 집단체조 장면 같았다.

십여 바퀴나 돌았지만 계단 어디에도 목소리는 없었다. '꼭대기로 올라가야겠어. 위에서 외치면 멀리까지 퍼지겠지? 멀리서도 내가 보일 테고.' 동수는 계단을 오르기 시작했다. 최대한도로 좁혀 앉은 외톨인간들을 비집고 75칸이나 오르는 일은 쉬운 일이 아니었다. 더욱이 그들은 장애자였다. 동수는 불편을 끼쳐 죄송하다는 말을 입에 달고 올랐다. 다행히 외톨인간들은 꽤 호의적이었다. 동수의 온몸을 유심히 살펴보는 것도 모자라 손으로 만지며 망가진 부위를 찾기도 했다. 관심이 지나친 계단에서는 지체되기도 했지만 동수는 얼마 걸리지 않아 꼭대기에 도착했다.

꼭대기에 올라서고 보니 별도의 계단이 하나 더 있었다. 돌탑 밑동을 네모꼴로 두른 단이었는데 다소 높고 폭이 비좁아 빈자리였다. 동수는 그 단 위에 올라 돌탑에 등을 기대고 광장을 둘러보았다. 시야의 한계까지 다닥다닥 돋은 합체인간은 닥치는 대로 증식한 전이 종양들 같았다. 동수는 본격적으로 목소리를 외쳐 부르기 시작했다.

"할아버지! 할아버지!"

외침은 뻥 뚫린 허공을 타고 어느 정도는 퍼져 나갔지만 합체인간들의 대합창 같은 웅성거림으로 한계가 뚜렷했다. 지루하게 반복되는 동수의 외침에 외톨인간들도 싫증을 내고 시선을 돌린 뒤였다. 광장에 색다른 움직임이 있었다. 동수는 외침을 멈추고 지켜보았다. 거리가 멀어 온전히 식별되지는 않았지만 합체인간들이 어느 한 지점을 중심으로 사방에서 퍼어드는 낌새였다. 움직임은 시시각각으로 부피를 키우며 윤곽을 드러냈다. 분명 어느 한 지점을 향한 행렬이었다. '혹시 할아버지? 할아버지는 나와도 다른 존재라 관심의 대상이 된 걸까?' 동수는 목소리를 떠올린 그 당장에 계단을 뛰어내려가기 시작했다. 일 초의 망설임도 없었다. 외톨인간들이 밟히든 말든 아무 데나 발을 딛다가 몇 계단씩 미끄러지기도 했다. 밟히거나 차이거나 밀려 엎어진 외톨인간들이 비명을 지르고 욕을 퍼부었지만 동수는 아무 정신이 없었다.
 굴러 내리듯 계단을 내려온 동수는 행렬을 향해 내달렸다. 날벼락을 맞았던 외톨인간들은 동수가 보이지 않을 때까지 욕설을 멈추지 않았다.
 동수는 곧 행렬의 꼬리에 붙었다. 행렬이 이미 물결을 이룬 터라 방향을 가늠하려 애쓸 필요도 없었다. 다만 행렬의 선두로 가야 하는 문제가 골칫거리였다. 합체인간에 비해 몸은 가볍고 자유로웠지만 거센 물살이 된 행렬을 뒤로 제치며 가는 걸음은 힘에 부치는 정도가 아니었다. 동수는 어쩔 수 없이 합체인간들을 팔꿈치로 밀치고 무릎을 들이밀며 막무가내로 나아갔다. 교양 따위는 버려야 했다. 그렇게라도 하지 않으면 선두에 가닿을 가망은 없었다. 내 몸을 내가 내 마음대로 다룬다는 사실이 실은 대단한 능력임을 동수는 그들 사이에서 만끽하며 거침없이 나아갔다.
 선두를 향해 절정의 속도를 내던 동수가 문득 주위를 살폈다. 밀치고 들이미는 자신의 무례함에 대해 외톨인간들처럼 욕을 퍼부어야 마땅한데도 그들은 잠잠하기만 했다. 주위를 둘러본 동수는 휘둥그레진 눈으로 거듭 둘러보았다. 기이했다. 하나

같이 소리 없는 눈물을 흘리고 있었다. 자신들 세상의 유일무이한 구조물조차 눈요깃거리로만 대하는 무신경과는 도무지 어울리지 않는 모습들이었다. '왜들 이러지? 종교 의식인가? 가만, 어떻든 간에 할아버지 때문에 울 리는 없잖아! 그럼 뭐지? 내가 헛짚은 거야?' 동수는 행렬이 목소리와 관련 있으리라 착각해 앞뒤 안 재고 계단을 뛰어 내려온 자신의 성급함이 어이없었다. 낭비한 시간과 노력이 아까워 속이 다 쓰렸다. 그 새에 목소리가 돌탑을 지났을지 모를 일이었다. 목소리도 누군가로부터 돌탑에 대해 듣는다면 돌탑으로 오게 마련이었다. 그 땅에서 목소리를 찾을 길은 아무래도 돌탑에 오르는 것 외에는 없었다. 그들의 행렬이나 눈물에는 더 이상 관심 없었다. 그들만의 이유고 그들만의 간절함일 뿐이었다.

행렬에서 빗어나려면 징빈대 방향으로 되돌이 걷어야 했다. 삼백육십 도 방향에서 꾀어들다 보니 빠져나갈 측면도 없었다. 한곳만을 미친 듯 향하는 행렬과 맞부딪치며 가는 역주행은 고행길이었다. 막무가내로 밀치고 들이미는 방식도 통하지 않았다. 몇 걸음 나가고 수십 걸음 밀리기 일쑤였다. 그런 동안에도 행렬의 부피는 계속 불어났다. 동수는 오직 잠이 그리워 305호로 향했던 걸음이 떠올랐다. 배경이며 상황 전개는 천지 차이로 다르지만 잠자고 싶은 갈망과 목소리를 찾고 싶은 갈망이 어느 한 장소에 매달린 점이 그때와 같았다. 절실한 그 장소에 대해 정작 한 뼘의 권리도 없는 일개 길손이라는 점 또한 그때와 같았다.

동수가 돌계단에 미처 다다르기도 전이었다. 위쪽 계단에서 동수를 알아본 외톨인간 하나가 고함을 질렀다. "그놈이야, 그놈!" 그 고함을 시작으로 계단 곳곳에서 욕설이 터져 나왔다. 당황한 동수가 방향을 바꿔 달아났지만 어디나 마찬가지였다. 이미 계단 전체로 소문이 돌아 외톨인간 대부분이 욕설에 가담한 상황이었다. 꼼짝없이 한자리에 붙박인 자들이 삶의 목표라도 찾은 듯이 에너지를 다해 분노했다. 어떤 구역은 아예 입을 맞춰 떼로 악을 썼다. "당장 꺼져! 당장 꺼져!" 반복될수록 구호는 중독의 힘으로 활활 타올랐다. 적의로 달아오른 자들을 헤치고 꼭대기까지 오르는 일은 보나마나 위험했다. 동수는 그들이 자신을 밀어 자빠뜨린 뒤에 함께 목을 조르는 장면이 훤히 보이는 듯했지만 올라가야만 했다.

동수는 계단을 훑으며 그중 손쉬워 보이는 동선을 찾았다. 유독 허약하거나 부상 정도가 심한 자들이 끼리끼리 몰려 앉은 구역이 있을 법했다. 물론 그런 취약 구역이 꼭대기까지 연이어 있을 리 없었다. 산재된 그 구역들을 외우고 연결해 도면화해서 기억해야 했다. 동수는 재빨리 외워 나갔다. 연결하기 애매한 구역은 비상시를 대비해 따로 기억했다. 다행히 외톨인간에게는 자리를 뜨지 못한다는 결정적인 약점이 있었다. 원형 돌계단이 시작되는 지점에는 맨땅에 앉아 빈자리를 학수고대하는 노숙 외톨인간들이 있었다. 계단에 앉은 외톨인간에게는 아래로 나동그라지는 날이 노숙자 중 하나와 신세를 맞바꾸는 날이 될 수 있었다. 그들에게 계단의 한 자리는 불구의 몸을 의탁하는 집인 동시에 목숨을 걸고 지켜야 하는 병영이었다. 기억에 새겨 둔 도면을 따라 번개처럼 오르기로 한 동수의 전략도 그들의 그 약점 때문에 가능했다.

여차하면 선제공격도 마다하지 않겠다는 가오로 동수는 뛰어 올라가기 시작했다. 첫 계단이 다섯이 되고 열이 되고 삼십, 사십이 되어 갔다. 기억 속 도면에 몰두해 표범의 기세로 오르던 동수가 도중에 멈칫했다. 있어야 할 방해가 도통 없었다. 슬쩍 둘러보니 외톨인간들 모두 쥐 죽은 듯 조용했다. 전략이 다 무슨 소용이었나 싶었다. 허망할 정도였다. 그들은 깊이 움츠리거나 서로 얼굴을 파묻고 몸을 떨었다. 악에 받쳤던 분노는 온데간데없었다. 살기등등해서 뛰어 올라가는 동수의 서슬에 무참히 뭉개진 풀들 같았다. 그들의 처지는 그랬다. 더 큰 부상을 입거나 영영 자리를 잃을지 모를 불행에다 고작 분노 폭발을 걸 수는 없는 신세들이었다.

빈자리가 나기를 이 발 저 발에 치이며 손꼽아 기다리는 노숙 외톨인간들은 동수에게 뜨거운 응원의 눈빛을 보냈다가 절망하며 고개를 돌려버렸다.

동수는 아무 사고 없이 꼭대기에 올라 비좁은 단 위에 다시 서서 광장을 내려다보았다. 땅 위의 행렬은 이제 바다 같았다.
"할아버지! 할아버지!"
외침은 동수가 계단을 내려가기 전과 사뭇 달랐다. 합체인간들의 대합창 같았던 웅성거림이 소리 없는 눈물로 바뀐 덕에 멀리까지 울려 퍼졌다. 동수는 아랫배를 쥐어짜는 속힘으로 목소리를 외쳐 불렀다. 언제 다시 웅성임의 아수라장으로 돌아갈지 몰라 마음이 급했다.

소나기를 퍼붓듯 외치다가 동수는 얼마 못 가 기진하고 말았다. 행렬을 따라잡고 또 빠져나오는 과정에서 이미 떨어진 체력이 더는 견디지 못했다. 돌탑에 기대서서 고단한 눈을 껌

뻑이던 동수는 근처 외톨인간들과 눈이 마주쳤다가 속으로 비명을 질렀다. 그들의 숨죽인 시선이 심상치 않았다. 단순한 적의가 아니었다. 무슨 결심인가를 서로 단단히 공유한 눈빛이었다. '내가 쓰러질 때를 기다리는 거야! 그때 날 어떻게든 끝장내겠지?' 그들은 미동도 없이 동수를 지켜보았다. 언제든 다시 내려갈 동수가 그들에게는 제거해야 할 공동의 적이었다. 오를 때의 살벌한 기세로 미루어 내려갈 때는 밀치고 밟는 수준이 아니리라 판단한 듯했다. 죽음의 개념이 없는 그들로서는 가장 처참한 외톨인간을 만들 목적으로 무지막지스레 때리고 조르겠지만 동수로서는 죽음을 맞게 될 일이었다. 어쩌면 그 땅은 외계 이방인의 죽음마저도 허락하지 않을 수 있지만 그 역시 동수에게는 죽음과 다를 바 없었다.
"할아버지…… 할아버지……"
동수는 소리 낼 힘도 없어 돌탑을 끌어안고 입만 벙긋거렸다. 그들을 제치고 계단을 내려갈 체력은 한 점도 없었다.
마지막임을 느끼며 동수는 하늘을 올려다보았다. 광장에서는 합체인간들 사이를 헤매느라, 돌탑에서는 광장을 내려다보느라 제대로 둘러볼 틈이 없었던 하늘이었다. 그 하늘은 묽은 잿빛 횟물이 빈틈없이 분사된 듯한 무채색이었다. 부분적으로 옅거나 짙은 농도 차이도 없었다. 잿빛 가림막일 뿐이었다. 삭막하다는 감상조차 가질 대상이 되지 못했다. 헤매고 다니느라 하늘을 올려다볼 여유가 없었다기보다 무미건조하기 이를 데 없는 그 하늘이 유도한 무관심이었을지 몰랐다. 하늘의 정경은 그 땅의 몫이 아니라는 듯.

동수는 다시 광장을 내려다보았다. 그새 변화가 있었다. 온 방향에서 꾀어든 행렬이 선두에서부터 뒷걸음질 치며 누군가에게 공간을 만들어주는 분위기였다. 점차 공간이 넓어지면서 형상 하나가 눈에 들어왔다. 사람의 형상이었다. 그는 합체인간이 아니었다. 한 온전한 남자였다. 남자는 키 높이에 제한되지 않는지 행렬의 먼 뒤쪽에 있는 합체인간들까지 두루 내다보다가 돌탑을 향해 눈길을 들었다. 남자의 눈길이 돌탑에 이르렀을 때 동수는 정신을 잃으며 팔을 늘어뜨렸다.

흰빛가랑비하늘

 홀로그램을 통해 지난 인생을 눈물로 관람한 목소리는 때맞춰 모래언덕에서 어른거리는 형체를 발견하고 무작정 달렸다. 모래언덕을 향해 달리는 동안 목소리는 한 순간도 의구심을 갖지 않았다. 지난 인생을 보여준 이 하늘은 지금 재회의 기회도 제공하려 한다는 것에 대해.

 모래언덕 위의 형체는 목소리가 가까이 다가가도록 흐릿하기만 했나. 형체가 온통 아지랑이에 둘러싸여 먼발치로 봤을 때보다 윤곽이 더 산만했다.
 "한수야! 나야! 두섭이야!"
 목소리가 손을 뻗어 잡으려는 찰나에 형체가 언덕 너머로 내려섰다. 목소리도 형체를 따라 발을 내려디뎠다. 딱 한 발이었다. 푸른 하늘과 모래사막이 보이지 않았다. 하늘이동이었다. 목소리는 그대로 주저앉았다. '동수! 동수가 거기 있잖어!' 절대 손을 놓지 말라고 때마다 다그친 장본인이 누구였나. 다른 세상으로 데려온 실수도 모자라 또 무슨 사고를 친 건가. 목소리는 자신을 향한 격분을 누를 길이 없었다.

언덕 너머로 내려섰던 형체는 아지랑이를 벗고 또렷한 윤곽으로 저쯤 앞에서 걸었다. 뒷모습만 봐도 한창 나이의 청년이었다. 목소리는 일어설 의욕도 없어 주저앉은 채로 청년을 불러 세웠다.

"젊은이! 말 좀 물어봅시다!"

놀라서 돌아본 청년은 한달음에 달려와 목소리와 눈높이를 맞춰 앉았다. 이십 대 후반쯤의 건장한 청년이었다.

"어르신! 어디서 오셨죠?"

"이보게! 사실은 내가 모래언덕에 있던 자네를 보고 멀리서부터 쫓아왔거든. 그런데 자네를 따라 발을 디뎠더니 그만 여기지 뭔가. 혹시 아까 그 사막에서 이동된 게 맞나?"

청년이 활짝 웃었다.

"맞습니다. 이동되셨어요. 여기서 계속 걷다 보면 종착지가 나올 겁니다. 영혼세상이겠죠."

"무슨 말인지 아네. 하지만 이보게! 난 그 사막, 그 기억하늘로 다시 가야 돼. 혹시 들어왔던 입구를 봤나?"

"입구라뇨? 그런 건 없었습니다. 순식간에 이동됐죠."

혹시나 하고 물었던 목소리는 망연한 눈길로 그곳을 휘둘러 보았다.

그곳의 땅은 칠흑처럼 까맣고 대리석처럼 반들거렸다. 하늘은 반대로 희디희었다. 하늘의 흰 바탕도 유약을 바른 도자기처럼 윤이 흘렀다. 하늘도 땅도 그 인공미가 장관이었지만 가공할 광경은 따로 있었다. 하늘이 희디흰 제 바탕에서 명주실을 뽑듯 흰 빛발을 가랑비로 내리부었다. 더할 수 없이 화사하고 찬란한 빛발이 공중에 가득 내리는데도 눈이 부시지 않았다. 활짝 뜬 눈으로 마냥 응시할 수 있었다. 게다가 피부에 닿는 빛발은 미풍도 미소 지을 만큼 부드러웠다.

"어르신, 놀랍지 않으세요? 이런 하늘이 다 있다뇨!"

청년의 탄성을 듣다가 목소리는 하마터면 울음을 터뜨릴 뻔했다. 투명공하늘과 바람하늘과 기억하늘에서 동수가 자아냈던 탄성이 귀를 울렸다. 실마리 하나라도 잡아 어서 동수를 찾아야 했다.

"자네 말일세, 아까 그 모래언덕에서는 왜 그렇게 한참 서성거렸던 거지? 그 언덕도 원래는 없었다가 갑자기 눈에 보였거든. 뭐가 어떻게 된 건지 알고 있나?"

"저한테도 갑자기 눈에 띈 언덕이었어요. 서성거렸던 건 어떡해야 좋을지 몰라서 그랬습니다."
"어떡해야 좋을지 몰랐다니, 뭘 말인가?"
"그 사막을 좀 전에 기억하늘로 부르시던데, 아마 어르신도 그러셨나 봅니다. 저도 거기서 지난 인생을 봤어요. 심정이 참 복잡했습니다. 짧은 인생이었지만 왜 그렇게 아쉽고 그리운 게 많던지요. 그러다 깨끗이 털어버렸습니다. 어차피 돌아갈 수 있는 것도 아니니까요. 생각을 그렇게 정한 순간이었어요. 언덕이 보였습니다. 영혼세상으로 가는 길목이구나, 싶더군요. 대번에 그렇게 느껴졌어요."
"맞어. 절로 감지되는 것들이 있더구먼."
"네. 근데 막상 언덕에 오르고 나니 마음이 흔들렸습니다. 덜컥 겁이 났어요. 영혼세상에 들면 세상 기억을 잃게 돼서 나중에 부모님도 못 알아보지 않을까 해서요. 남은 인생을 절 잃은 슬픔 속에서 살다 오실 텐데 말이죠······. 그 기억하늘에 남아서 기다리면 언젠가 오실 부모님을 만나게 될 것 같았어요. 그 생각 때문에 영혼세상으로 갈 결심이 서질 않았습니다. 언제까지 망설일 수도 없어 속이 까맣게 타들었어요. 시간을 너무 끌게 되면 길목인 그 언덕이 사라질 테니까요. 언제 다시 나타난다는 기약도 없이요. 그것도 절로 감지됐습니다."

"그러다 결국 영혼세상을 택했구먼."

"아닙니다. 결정을 못 하고 속을 태우느라 정신이 다 흐려졌을 때였어요. 그분이 나타났습니다."

"그분?"

"여자였어요. 어디선지 한순간에 나타나서 저한테 많은 걸 일러줬습니다."

"그 여자는 누구고, 뭘 일러줬다는 건가?"

"누군지는 말해주지 않았습니다. 그분은 제가 망설이는 걸 알고 왔던 거예요. 영혼세상으로 안 가고 남으면 정처 없이 떠돌고 다닐 뿐이라더군요. 각각의 하늘에서 갈라져 나간 하늘만 해도 셀 수 없이 많다고 했습니다. 그 기억하늘은 영혼세상으로 가는 영혼이라면 다 거치는 하늘이랬어요. 그래도 누군가와 마주칠 일은 극히 드물댔어요. 세상의 모든 영혼이 한꺼번에 쏟아져 들어와도 말이죠. 겹겹으로 복제된 하늘도 수없다고 했습니다."

"그럼 내가 자네를 만난 건 아주 드문 경우구먼."

"네, 그분 말에 의하면요. 그래서 제가 어르신을 보고 놀랐던 겁니다. 아까 그 기억하늘로 오기까진 각자의 사정에 따라 다른 하늘을 거치기도 하고 바로 오기도 한댔어요. 전 바로 왔습니다. 마칼루에서 하산 중에 추락사를 당했죠……."

"그랬구먼……."

"어떻든 결정은 저한테 달렸다고 했습니다. 자기 말에 믿음이 가면 언덕 아래로 내려가라더군요. 전 믿음이 갔습니다. 그분은 제 결정에 참고가 될 정보는 충분히 알려주면서도 장황하지 않았어요. 강요하지 않으면서도 어감은 분명하고 단호했어요. 어르신과 제가 각자의 언어로 말해도 대화가 이렇게 자유롭듯이 그분의 언어도 전 모조리 알아들었거든요. 귀에 들어온 생소한 언어가 뇌에서 자동 번역이 되다니요. 그 어떤 장치의 도움도 없이요. 보통 신비한 일이 아닙니다."

쉼 없이 쏟아지는 흰빛가랑비만큼이나 청년의 설명도 걸림이 없었다.

"이보게! 그럼 기억하늘로 돌아갈 방법은 없단 말인가?"

"다른 하늘로 일단 이동이 되면 되돌아가는 건 불가능하댔어요. 한 하늘에 수많은 길목이 있기도 하고 없기도 하다면서 그 말도 덧붙이더군요."

"길목이 있기도 하고 없기도 하다니?"

"길목은 분명 있지만, 눈에 띄지도 않고 찾을 수도 없다는 뜻이 아닐까요? 일일이 캐묻진 않았습니다. 그럴 필요가 느껴지지 않았어요. 누구냐는 질문도 처음 한 번만 하고 말았어요. 대답을 구할 질문이 아닌 것 같아서요."

"그런데 무슨 이유로 자네한테 와서 그런 사실들을 알려준다고 하던가?"

"울림을 타고 왔다고 했어요. 부모님을 향한 간절한 제 고뇌가 영혼의 울림을 일으켰고, 그 울림이 자기한테 전해졌다고 했습니다."

"영혼의 울림?"

"네, 영혼의 울림……. 그렇게 표현하더군요."

"이보게! 그럼 나한테도 나타나지 않을까? 기억하늘로 가고 싶은 마음이 이렇게 간절하니 말일세! 안 그런가?"

목소리는 생명줄이라도 잡은 표성이었다.

"제 경우야 영혼세상을 두고 고민했기 때문이 아닐까요? 어르신은 저와 반대라서 어떨지……. 근데 어르신, 멀리서 저를 보고 쫓아오셨다면서 왜 다시 가시려는 거죠?"

"나도 기억하늘에서 지난 내 인생을 봤네. 그러다가 친구 하나가 못 견디게 보고 싶었어. 그때 마침 언덕 위에서 어른거리는 자네를 보게 됐지. 흐릿한 자네 형체가 그 친구라는 착각에 빠졌었지 뭔가…….."

"영혼세상으로 갈 생각이 없었는데도 그 언덕이 보이셨다는 거네요. 그럼 혹시 그 친구분이 영혼세상에 가 계시기 때문이 아닐까요? 어쩌면 어르신께는 그런 의미로 언덕이 보였는지도 모르죠. 제가 그분한테 들은 말들은 극히 일부일 테니까요. 어쨌든 그렇다면 어르신, 친구분을 만나러 그 사막으로 다시 가셔야 될 필요는 없지 않을까요?"

"사실은 그 친구 때문에 다시 가려는 게 아니라네. 친구는 이제 중요하지 않아. 자네한테 구구절절 설명할 일이 못 돼서 그래. 무슨 일이 있어도 난 그 사막으로 가야 해. 무슨 일이 있어도……."

"무슨 사정이신지 몰라도 그냥 저랑 같이 가시죠. 이대로 헤매다가 어쩌시려고요. 영혼세상에 대해서도 물었지만 묵묵부답이었어요. 제 이해력이 감당 못 할 세상이기 때문인지……. 어르신, 영혼세상은 어떤 식으로 들어가게 될지 모르지만 동행하는 데까지 제가 부모님처럼 모시겠습니다. 저랑 같이 가시죠. 네?"

"말이라도 고맙네. 난 여기서 그 여자를 기다려 볼 테니 먼저 가게. 자네 얘기가 정말 큰 도움이 됐어!"

"어르신, 전 이제 확신합니다."

"확신? 뭘 말인가?"

"제 삶의 모든 기억이 영혼세상에서도 유지된다는 걸요. 영혼세상으로 이어지는 여기서도 그때를 이렇게 빠짐없이 기억하잖아요. 그 정도가 아닙니다. 까맣게 잊었던 기억들까지 생생히 살아나는 걸 느끼거든요. 그러니 내 부모님을 못 알아볼 리가 없죠. 혹시 어르신은 아직 확신이 안 가시나요? 저도 그 걱정으로 기억하늘에 남아야 할지 고민했듯이요."

"아니네, 아니야. 나도 자네 생각에 동감이야. 이보게, 내가 기억하늘로 다시 가려는 건 사연이 달리 있어서 그래……."

청년은 결심이 굳은 목소리를 말없이 보다가 일어섰다.

"알겠습니다. 부디 별일 없으시길 빌겠습니다. 어르신, 그럼 전 이만……."

"잘 가게. 정말 고마웠네!"

아쉬워하며 뒤돌아 길을 떠나는 청년은 등산복 차림이었다. 목소리는 높은 산 어디쯤에서 잠들었을 젊은 육신을 생각하며 그 뒷모습을 내다보았다.

'울림. 영혼의 울림……. 나도 울림을 보낼 수 있겠지?' 목소

215

리는 운동장 트랙을 도는 자취로 걷기 시작했다. 반들반들한 칠흑빛 땅 위를 목소리는 흰빛가랑비 속에서 세월없이 걷고 걸었다. 입에서는 기도가 끊임없이 흘러나왔다. "동수를 찾아야 합니다! 동수를 데려다줘야 합니다!"

목소리는 절절히 간구하는 내내 얼굴을 찡그리며 자주 심호흡을 했다. 가슴을 움켜쥐기도 하고 쿵쿵 두드리기도 했다. 더없이 간절한데도 기도가 주는 충만감은 어느 한편에도 없어 답답증이 갈수록 심했다. 그럴수록 목소리는 더 필사적으로 매달렸다. "동수를 찾아야 합니다! 동수를 데려다줘야 합니다!" 주문 같은 기도를 혼신으로 반복하며 매달렸지만 답답증은 공황증까지 불러왔다. 목소리는 점점 혼미해지며 미친 사람의 꼴이 되어 갔다. 혀에는 헛바늘이 솟고 입술도 허옇게 갈라져 고통의 열기가 얼굴 전체를 불사를 듯했다. 움푹 파인 두 눈과 광대뼈 밑으로 빨려 들어간 두 뺨에 목소리의 원래 모습은 남아 있지 않았다.

"동수를 찾아야 합니다… 동수를 데려다줘야……" 기어이 쓰러진 뒤에도 목소리는 동어 반복의 기도를 중얼거리며 한 번씩 눈꺼풀을 들어 올렸다. 칠흑빛 땅과 흰빛 하늘이 동심원을 그리며 맴도는 속에서도 목소리는 여자를 찾아 그 중심을 가물가물 바라보았다.

"어르신! 정신 차리세요! 어르신!"
 동심원의 궤적이 끊기며 한가득 눈에 들어온 청년의 얼굴을 목소리는 환영을 보듯 했다.
 청년은 목소리를 일으켜 안았다.
"어르신! 저 알아보시겠어요? 얼마나 속을 태우셨길래 이 지경까지 되신 겁니까? 하도 결심이 굳으셔서 그냥 혼자 떠났던 건데……."
"자네, 어쩐 일인가? 왜 여기 있지?"
"걸으면서 계속 어르신이 걱정됐어요. 그분한테 들은 말은 제대로 전해드렸는지, 그것도 자꾸 걸렸습니다. 그러다 빠뜨린 말이 생각났는데 아무래도 중요한 대목 같있이요. 그래서 이렇게 돌아온 겁니다."
 목소리는 청년 품에 안겼던 상체를 벌떡 일으켰다.
"말해 보게! 어서!"
"제가 '영혼의 울림'에 대해 말씀드렸었죠?"
"그랬지! 자네 고뇌가 영혼의 울림을 일으켜서 그 여자한테 전해졌다고."

"네, 그 얘기를 하면서 간단히 덧붙인 설명이 있었어요."
"어서 말해 보게!"
"곧바른 간절함이어야 한댔어요. 곧바른!"
"이보게, 난 지금 이보다 더 간절할 수가 없어! 이게 곧바른 간절함이 아니면 뭐가 곧바르다는 건가?"
"압니다. 오죽하면 혼절까지 하셨겠어요. 하지만 그 짧은 말이 어르신께는 정작 핵심인 것 같습니다. 곰곰이 생각할수록 그래요."
"그럼 자네 생각을 어서 얘기해 보게!"
"어르신은 지금 그분이라는 존재가 생각 속에 가득하시잖아요. 그분이 나타나기만을 간절히 바라고 계신 거죠."
"물론이야. 그 여자가 나타나야 내가 원하는 걸 부탁할 수 있으니까!"
"바로 그게 문제인 것 같습니다. 지금 어르신은 그분을 향해 간절하시잖아요. 직접적인 소망, 이를테면 원점을 건너뛰신 셈이죠. 동수라는 원점, 그 원점을 곧바로 향한 간절함이어야 할 겁니다……."
"난 지금 아무 능력이 없잖나. 그 여자가 나타나야 내 소망을 부탁할 수 있으니 나로선……."

"이렇게 생각해 보세요. 저한테 그분의 출현은 어디까지나 결과였어요. 전 그런 분이 오리라곤 상상도 못 했으니까요. 울림을 일으켰다는 제 고뇌는 원점인 부모님만을 곧장 향했던 거예요. 우리 선에서는 그렇게 전적으로 곧바른 지향이어야 하는 거죠. 우리들 지식 너머의 어떤 전지적 시스템 속에서 그분이 관리자로 개입하는 건 별개 문제겠죠⋯⋯."

목소리는 천천히 고개를 끄덕였다.

"한마디로 어르신 기억 속에 그분이 없어야 합니다. 하얗게 지우셔야 해요. 저한테 전해 들어서 엄연히 알고 계시지만 말이죠. 어르신, 가능하시겠어요?"

"어떻게든 해 봐야지⋯⋯. 이 문제에서 내가 절대 해서는 안 되는 선택이 뭔지 아나? 포기라네."

기억력이 작동하는 한은 여자를 기억 속에서 지울 방법은 없었다. 서두른다고 묘수가 떠오를 리 없어 목소리는 청년과 시간을 가지기로 했다.

"내 걱정으로 이렇게 가다 말고 돌아오다니, 정말 고맙네!"

"아닙니다. 저야 영혼세상의 입구를 향해 걷기만 하면 되지만 어르신이 걱정이죠. 참, 제 이름은 요엘입니다."

"그렇구먼. 난 박두섭이라고 하네. 그럼 요엘, 이제 내가 무슨 일로 이러는지 들어보겠나? 자네한테 이쯤이면 내막을 털어놓는 게 경우겠구먼. 하소연도 하고 싶고……."

 목소리는 한 잔 두 잔 차를 따르듯 더디지도 급하지도 않게 지난 사연을 전했다. 요엘은 영혼의 동지애로 푹 빠져서 들었다. 실수로 동수를 이쪽 세상에 데려온 대목에서는 목소리의 손을 감싸쥐고 안타까움을 표했다.

 얘기를 마친 목소리는 흰빛가랑비가 가득한 공중을 우두커니 내다보다가 요엘과 다시 눈을 마주쳤다.

 "긴 얘기 끝까지 듣느라 애썼구먼."

 "무슨 말씀을요. 어르신, 저라도 그 학생을 돌려보내지 않고는 못 견딜 겁니다."

 "잠들었다 깬 뒤에 그 막막한 사막에서 얼마나 놀라고 무서웠을지…… 아직 그 자리에 그대로 있는지……."

 "어르신. 그 학생이라면 마냥 무서워히고만 있진 않을 겁니다. 처한 상황에서 무슨 노력이든 할 테고, 어르신을 찾겠다는 의지도 강할 거예요. 젊음의 피로 더 뜨겁게요."

 "고맙네. 위로가 크게 되는 말이구먼. 그런데 자넨 어쩌다 사고를 당했나? 내 문제에 급급해 이제야 묻네."

 "제 사연은 간단합니다……. 친구와 둘이 하산 중이었는데

기습적으로 눈보라와 강풍이 몰아쳤어요. 한 치 앞도 보이지 않았어요. 둘이 자일로 연결된 상태에서 제가 크레바스에 빠지고 말았습니다. 그야말로 최악의 크레바스였어요. 떨어지면서 얼음바위에 부딪쳐 전 의식이 희미했어요. 제 친구 얀은 자일이 크레바스 입구 어딘가에 걸린 바람에 다행히 절 따라서 떨어지진 않았죠. 얀은 절 끌어올리려는 시도를 멈추지 않았어요. 하는 데까지 하다가 같이 죽겠다는 각오였는지……. 그 상황에선 불가능한 노력이었고, 그대로 두면 얀까지 잘못될 게 뻔했어요. 제가 의식이 희미하게나마 있을 때 먼저 자일을 끊어야 했습니다……."

"그랬구먼……."

"우린 한동네에서 자란 단짝이었어요. 스물을 넘기면서 함께 등반을 시작했죠. 우린 말다툼 한 번 안 했을 정도로 등반 호흡이 완벽했어요. 자일을 끊은 결단은 지금 생각해도 행운이었습니다. 안 그랬다면 얀은 끝까지 애쓰다가 의식을 잃고 죽어 갔을 거예요. 절 포기하고 자일을 끊을 친구가 아니었어요. 못 말리는 외골수거든요. 내 친구 얀은……."

"그럼 기억하늘에서 그 친구 소식을 봤겠구먼!"

"네! 얀은 구조됐습니다!"

"다행이구먼! 자네 부모님은 슬픔 속에서도 자네의 순수한 희생이 자랑스러우실 거네……."
요엘은 잠시 묵묵했다가 목소리 손을 잡았다.
"이제 전 떠나겠습니다. 어르신, 서두르지 마세요. 또 아까처럼 탈진되실 수 있어요. 저도 걷는 내내 기도하겠습니다. 동수라는 학생을 만나 꼭 데려다주시게 되길……."
"죽을힘을 내 봐야지. 고맙네. 부디 잘 가게!"
목소리와 요엘은 부둥켜안고 작별의 정을 나누었다.

목소리는 요엘이 점 하나로 보일 때까지 내다보다가 다시 칠흑빛 땅 위에 앉았다. 무슨 수로 기억을 지울 것인가. 기억을 지우려는 생각 자체가 기억을 재생하는 일인 것을…….
지루한 고심 끝에 목소리는 최선일 듯한 답을 찾았다. 기억으로 기억을 덮어씌우는. 동수와 함께했던 기억이 지평을 넓혀 나가며 기억 속 여자를 지우기로. 흰빛가랑비 줄기줄기에, 끝없이 펼쳐진 백자 하늘과 칠흑빛 땅 위에, 동수를 향한 간절함을 온통 아로새기기로. 복사의식을 만들 때는 중심을 향해 응집하는 집중이었다면, 이번에는 드넓고 드높은 시공을 향해 확산하는 집중이어야 했다.

목소리는 모래사막에서 잠들었던 동수 얼굴을 찬찬히 더듬어 그리다가 시간 속으로 미끄러져 들어갔다. 동수를 처음 만났던 날로 돌아가 그로부터 모든 시간을 빠짐없이 되살렸다. 당시에는 미처 느끼지 못했던 미세한 감정들이 작은 소용돌이로 낱낱이 되살아나며 의식을 살찌웠다. 회상은 차츰 푸른 상록수 가지가 되어 뻗어 오르고 퍼져 나갔다. 소원도 물거품이 된 마당에 쓸모없는 영혼 하나를 구하겠다고 용기를 낸 소년, 겪을 고초를 알면서도 자기희생을 택한 소년, 더욱이 외롭고 고달프게 살아온 소년이었다. 무한히 고맙고 무한히 미안하고 무한히 그리웠다. 흰빛가랑비의 무수한 빛줄기도, 드높은 백자 하늘과 드넓은 칠흑빛 땅도, 목소리의 간절함을 새기기에는 갈수록 좁았다.

흰빛가랑비 속에서 조각상처럼 앉아 시간을 되살리던 목소리는 어느 순간 스르르 쓰러져 누웠다. 주문 같은 기도를 반복하다가 피폐한 몰골로 쓰러졌던 때에 비하면 흙바닥으로 스며드는 물처럼 순했다.

"당신이 불렀군요……."

여자였다. 치유처럼 내려앉는 속삭임을 들으며 목소리는 감은 눈으로 강물 같은 눈물을 흘렸다. 젖은 눈을 뜬 뒤에도 여자를 그저 바라보기만 할 뿐이었다.

여자는 목소리를 내려다보다가 채색구름이 내려앉듯 곁에 앉았다. 발끝까지 늘어진 물빛 드레스 차림의 여자는 이목구비는 평범했지만 눈동자와 낯빛은 불가사의했다. 분홍 꽃잎이 물결을 타는 듯도 했고 황금빛 꽃가루가 떠다니는 듯도 했고 희거나 검은 진주가 한데 맴을 도는 듯도 했다. 온갖 빛깔을 품었지만 어느 하나도 두드러지지 않았다. 어깨 아래까지 내려온 머리카락은 곱슬한 은빛이었는데 올올이 반투명해서 동그란 두상이 은은히 내비쳤다.

"말씀 좀 물어도 되겠습니까?"

몸을 일으킬 여력이 없어 누운 채로 묻는 목소리에게 여자는 고개를 끄덕여주었다.

"동수라는 소년을 그 사막, 기억하늘에 두고 왔습니다. 동수는 이쪽 세상에 올 아이가 아니었습니다. 그런데 제가 큰 실수를 저질렀습니다. 어디서부터 말해야 할지……. 제가 설명 좀 드려도 되겠습니까?"

"들은 것으로 하지요."

이미 벌어진 일이니 들을 필요가 없다는 뜻인지, 다 알고 왔다는 뜻인지 알 수 없었지만 목소리는 캐묻지 않았다.
"무슨 일이 있어도 동수를 집으로 돌려보내야 합니다. 돌아갈 방법이 있을까요?"
목소리는 쇠약한 중에도 흔들림 없는 음성으로 말했다. 집중의 깊이를 다 헤아리고 온 듯.
"당신은 돌이키지 못할 실수를 저질렀습니다. 그 소년은 돌아갈 길이 없는 세상으로 들어왔어요."
"정말 집으로 돌려보낼 방법이 없는 겁니까?"
"이곳 하늘들은 영혼세상으로 가려는 영혼에게만 친절히 안내됩니다. 그렇지 않은 영혼에게는 결과도 없이 험하고 복잡하기만 한 길이지요. 끝없이 건너다닐 뿐······. 집으로 돌아갈 길은 없습니다."
온화하게 잘라 말한 여자는 흰빛가랑비를 몽인한 눈길로 둘러보다가 다시 목소리를 내려다보았다. 목소리는 절망이 깊어 눈물도 쏟지 못했다.
"소년을 돌려보내는 길에는 당신이 동행해야 합니다. 그래야 이쪽과 그쪽의 경계를 넘을 수 있어요. 왔을 때처럼. 하지만 당신이 이리로 올 길은 열리지 않습니다. 합당히 져야 하는 책임이지요."

목소리는 두 손을 가슴 위에 포개고 소리쳤다.

"괜찮습니다! 동수를 데려다줄 수만 있다면 어떤 책임이라도 지겠습니다! 기쁘게 지겠습니다!"

"당신은 그 세상에서 먼지처럼 흩어질 거예요……."

"괜찮습니다! 얼마든지 흩어지겠습니다! 고맙습니다! 고맙습니다!"

여자는 목소리의 젖은 눈가를 물빛 드레스 끝자락으로 닦아주었다.

그 지붕의 새벽

 정신을 잃었던 동수가 눈을 떴을 때는 돌탑은 없었다. 희부연 안개가 들어찬 곳이었다. 시야는 없었지만 그 안개는 초록 안개처럼 끈적이지도 꿈틀거리지도 않았다. 마치 하늘거리는 암막커튼 같았다. 안개는 느린 춤사위로 오르내리며 덩어리지기도 하고 풀리기도 했다.

 한 치 앞도 보이지 않았지만 동수는 안개 속 어디쯤에 목소리가 있다고 믿었다. 그 믿음은 결코 무모할 수 없는 은밀한 약속이었다. 동수는 홀로 겪은 일들을 차근차근 풀어놓기 시작했다. 발뒤꿈치를 잡아당겼던 사막의 모랫바닥, 혼을 빼앗았던 빛깔손의 유혹, 동화 속 같았던 휘황한 지하 계단, 공포의 검은 바다, 사람광장의 얼굴들에 대해······.
"할아버지. 그러다가 전 돌탑에서 쓰러질 참이었어요. 더 이상 할아버지를 부를 힘도 없었고 돌탑을 붙잡을 힘도 없었어요. 외톨인간들은 제가 쓰러질 순간만 기다리면서 절 지켜봤어요. 전 금방이라도 끝장날 판이었어요. 그때 행렬들의 한가운데 공간에 서 있는 사람이 눈에 들어왔어요. 남자였어요. 거리도 아주 멀었는데 그 사람한테 빨려 드는 것 같았어요. 그러다 정신을 잃었고, 깨고 보니 여기였어요. 이 안개 속에서 눈을 떴을 때 바로 깨달았어요. 그 사람이 절 할아버지한테 데려다줬다는 걸요……."

목소리로부터 대답 한마디 돌아오지 않았지만 동수는 의심한 점 없이 말을 이었다.

"그 사람 눈은 모든 빛 모든 별을 품은 밤하늘 같았어요. 정말 이상했어요. 돌탑에서 정신을 잃기 바로 전에 그렇게 멀리 있었던 그 눈이 선명하게 보였거든요. 그 눈이 절 들어서 안아주는 느낌이었어요……."

'그랬구나…….' 목소리는 쏟아지는 눈물 때문에 소리 내 대답할 수 없었다. 아니, 굳이 대답해서 아름다운 믿음에 잡음이 되고 싶지 않았다. 목소리는 안개 속을 더듬어 다가가 동수를 꼭 안았다.

안개가 서서히 옅어지더니 바람이 지나갔다. 새벽바람이었다. 그 바람을 타고 얼핏 귓가를 울리거나 눈앞을 스치는 기척들이 있었다. 동물들의 부르짖음, 밤샘 배달을 하는 숨찬 걸음들, 전조등 불빛을 뻗으며 달리는 자동차들, 건물들의 어둑한 스카이라인……. 이곳 세상이었다.

안개가 말끔히 걷힌 자리는 꿈속의 그 풀밭이었다. 바람도 햇살도 풀잎도 아무 일 없이 평화로웠다.
둘은 처음처럼 풀밭에 나란히 앉았다.
"드디어 돌아왔네요……."
"미안해. 이 풀밭에 누워서 네 손을 잡고 긴장을 풀었던 게 실수였어. 끔찍한 실수……. 그것도 모자라 그 낯선 세상에서 널 두고 사라지는 사고까지 치다니. 꼭 만나고 싶은 친구가 있었거든. 거기 어디서 그 친구를 만날 수 있다는 착각에 빠졌었지 뭐야……."
"괜찮아요. 이렇게 무사히 왔잖아요. 못 왔어도 전 원망하지 않았을 거예요."
"그런 말이 어딨어. 목숨이 달린 문제에 어떻게 원망을 안 해. 그 무서운 경험들은 또 어떻고……."
"영혼세상에 가시는 것도 포기하고 제 걱정으로 제 옆에 계셨다가 생긴 일이잖아요. 그 세상에서 일들을 겪을 때도 원망

같은 건 한 번도 안 했어요. 할아버지 찾겠다는 생각밖에 없었어요."
"그 공포를 혼자서 어찌 견뎠는지……."
목소리는 연거푸 자책의 한숨을 쉬었다.
"할아버지는 이제 그쪽으로 다시 가셔야겠죠?"
"그래야지……."
"꿈에서 가끔 이렇게 만나면 얼마나 좋을까요……. 불가능하겠죠?"
"그렇겠지……."
"그럼 제가 늙어서 죽어야만 만나게 되나요?"
"한창 나이에 별소릴 다 한다."
둘은 허허롭게 웃었다.
"생각할수록 제가 잘한 게 있어요."
"뭔데?"
"카메라 부순 거요."
"잘하긴! 내가 얼마나 놀라 자빠졌는지 알아?"
"전 지금 이 순간이 너무 뿌듯해요. 카메라를 부수지 않았다면 이런 기분은 알지도 못했겠죠."
"이쪽저쪽 세상에서 그리 고생이 지독했는데도?"

"고생하길 얼마나 잘했게요. 이제 웬만한 일은 우습게 생각될 거예요."

동수 말끝에 목소리가 껄껄거렸다.

"갑자기 뭐가 그렇게 좋으세요?"

"좋다마다. 내가 인생 수업 하나는 톡톡히 시켰구먼. 수업료 안 주냐?"

"그 수업료 두고두고 갚고 싶은데 방법이 없잖아요. 아주 멀리 떠나시면서……."

"네가 잘 살면…… 그게 수십, 수백 배로 갚는 거야."

"제 장래가 걱정되시는 거죠?"

"알긴 아는구먼……."

"이번에 제가 뭘 새로 알았는지 아세요?"

"뭔데?"

"이겨 내야지, 마음먹는 순간에 벌써 강해진다는 사실요."

"수업료 인상이다!"

"인정도 없으시다. 우리집 형편 아시면서."

"그럼 면제해주지 뭐."

둘은 이별 앞에서 농담과 진담을 오가며 애잔히 시간을 붙들었다.

"할아버지, 마음 푹 놓고 가세요. 무슨 문제든 앞으론 훨씬 견디기 쉬울 거예요."

"고맙다……."

둘은 풀밭을 내다보며 한동안 잠잠했다.

"제가 돌탑에서 정신 잃기 전에 봤던 그 사람…… 누구였을까요?"

"모르지……. 모르는 게 답일 때도 있는 법이야. 알아들을 힘이 없으면 엉뚱한 쪽으로 믿게 되니까. 이 순간에도 많은 오답들이 버젓이 정답 행세를 하고 있을 테지."

"저도 얼마 전에 과학 다큐멘터리 보면서 그 비슷한 생각을 했었어요. 인간은 극히 일부분만 알아내거나 오판하거나 할 뿐이겠다고……."

"그래, 그나마도 섭리 앞에 겸허한 자들이 중요한 법칙들을 발견하곤 했어. 모든 건 십리 안에 있으니까……."

목소리는 말을 잇기가 벌써 버거웠다.

"오동수."

"네?"

"너 이거 알아?"

"뭘요?"

"네가 썩 괜찮은 녀석인 거."
"또 무슨 말씀을 하시려구……."
"그냥 하는 말이 아니야. 살면서 어떤 상황을 만나든 이 사실만은 잊지 말어. 네 마음 중심에 가득 있는 선한 의지……. 알아듣겠니?"
"넵!"
"우스개로 듣지 말고……."
"제가 계속 자신감 없이 움츠러들고 패배자로나 살까 봐 걱정이신 거죠?"
"꼭 그래서가 아니야. 네가 너 자신을 제대로 아는 게 중요해서 그래. 누군간 너의 그 점을 나약함으로 오해할 수도 있어. 하지만 그 선함이 흔들림 없는 의지를 갖출 땐 얘기가 달라. 높은 곳, 하늘에 통하거든. 하늘은 그런 널 단련시킬지라도 결국은 일으켜주고 날게 해주거든……."
동수는 축축이 젖은 목소리의 눈을 깊이 들여다보았다.
"알았어요. 잊지 않을게요. 제 속에 있다는 선한 의지요……."
"약속하는 거지?"
"믿으셔도 돼요. 제가 할아버지를 믿었듯이요."
"고맙다. 이제 난 갈게……."

동수는 와락 목소리의 목을 끌어안았다.
"보고 싶을 거예요. 아주 많이……."
동수는 흐느꼈고, 목소리는 소리 없이 울었다.

꿈속에서 빠져나온 목소리는 잠든 동수를 내려다보며 천장을 통과해 지붕 위에 올랐다. 동이 트기 시작했다. 볕을 흩뿌리는 동쪽 산을 내다보며 목소리는 두 팔을 벌리고 점점이 부서졌다.

목소리의 흐린 여운마저 흔적 없이 사라진 뒤였다. 목소리가 섰던 자리에서 홀연히 섬광이 일었다. 연푸른 섬광은 직선을 그으며 곧장 하늘로 뻗어 올라갔다. 적막하고 강렬하게. 되돌아가는 별똥별처럼.

에필로그

"오동수! 또 늦잠이야? 어서 나와 씻어!"

흘러든 엄마 소리에 동수는 화들짝 일어나 한 동작에 이불을 개켜 놓고 나왔다.

아빠와 민수는 벌써 식탁 앞이었다. 아빠는 덜 깬 얼굴로 신문을 뒤적였고, 요즘 들어 부쩍 모양을 내는 민수는 손거울을 들고 가르마 좌우 비율을 고민했다.

동수가 욕실로 들어서는데 여지없이 타박이 날아왔다.

"아침 기상은 말 안 시키더니, 왜 요즘은 깨우게 만들어! 이제 깨거나 말거나 그냥 둘 거야. 알았어?"

"네."

기대도 안 했던 대답에 엄마는 뜨악해서 돌아보다가 다시 분주했다.

세수를 마친 동수는 나가려다 말고 세면대 앞에 다시 섰다.

정면으로 응시한 기억이 없는 거울이었다. 얼굴에 묻은 티를 확인할 때조차 몇 초를 넘긴 적이 없었다. 처음으로 정직하게 대하는 거울 속 얼굴이었다. 눈을 마주하다가 얼굴 전체를 훑어 나갔다. 턱주가리에 새똥 처바른 새끼, 더더더듬이 알비노 새끼……. 몇몇의 조롱을 떠올리며 동수 역시 조롱 투로 반문했다. 모든 모욕은 과장을 즐기게 마련이라지만 그래도 그 정도는 아니지 않냐고. 그렇더라도 이제 난 나로서 족하다고. 동수는 전에 없이 가벼운 몸짓으로 세면대에서 돌아섰다.

식탁에서 오늘도 엄마와 민수는 이야기꽃이 한창이었다. 두세 마디면 될 하찮은 일상사도 엄마와 민수 입에 걸리면 늘 꼬리가 다채로웠다. 아빠와 동수도 여느 때처럼 씹고 삼키는 소리만 부지런히 주고받았다. 하룻밤 새에 집안 분위기는 평상시로 돌아갔다.

앞서거니 뒤서거니 등굣길에 나선 형제는 거리를 뚝 떨어뜨리고 각자 걸었다. 같은 시간에 나란히 집을 나설 때면 어김없이 벌어지는 광경이었다. 민수가 총알처럼 앞서 튀어 나가는 식이었다. 트인 공간에서 부쩍 더 강조되는 동수의 고립감으로부터 내던져지듯 민수는 오늘도 쏜살같았다.
"미 민수야!"
앞서 걷는 민수를 동수가 불러 세웠다. 민수는 벙벙한 얼굴로 돌아보았다.
"혀 형이랑, 가가 같이 갈래?"
형에게서 살갑게 이름을 불린 것도, 형에게서 동행 제안을 받은 것도 처음인 민수는 그저 그 형을 바라보기만 했다.
동수는 성큼성큼 다가가 민수 손을 덥석 쥐었다. 손마저 붙들린 민수는 동수를 흘끔대며 따라 걷다가 갈림목에 닿아서야 슬그머니 손을 뺐다.
"오민수. 어어 어서 가!"
민수는 선뜻 걸음을 떼지 못했다.
"지기, 형······ 무슨 일······ 있는 거야?"
동수는 고개를 저었고, 민수는 그제야 홀가분히 제 갈 길로 돌아섰다.

잰걸음으로 멀어지는 민수를 보다가 동수는 하늘로 눈을 들었다. 늦가을의 하늘은 어지간히 화사해 아침부터 손바닥만 한 구름 한 점이 없었다. 기억하늘이 떠올랐다. 오직 높디높고

푸르디푸르기만 했던 그 하늘. 이곳의 저 하늘은 저리 화창하게 해를 비추다가도 느닷없이 구름도 드리우고 비도 쏟아붓고 세찬 바람도 불어 날릴 터였다. 이 땅, 저 하늘이 있어 존재하는 이 땅. 끊임없는 탄생과 죽음, 끊임없는 번영과 몰락은 그저 우연이며 허망한 반복일 뿐일까. 그럴 리 없다. 바람 한 줄기도 잎새 한 장도 연유함을 따라 오가는 것을. 하물며 철두철미 이어져 온 사람들의 아이들과 그 삶에 있어서는……. 동수는 돌탑에서 저를 들어 안아주었던 눈빛, 남자의 깊고도 높았던 그 눈빛을 돌이키다가 눈물을 쏟았다. '오래전 그 맨 처음을 완성할 맨 끝은 어디쯤이고 언제쯤일까? 완전한 그 장소, 완전한 그 미래는…….'

그 지붕의 새벽

초판 1쇄 발행 2018년 11월 16일
개정판 1쇄 발행 2024년 8월 20일
지은이 김규림
표지그림 최철민
편집/디자인 꿈꾸는날개
펴낸이 김대영
펴낸곳 꿈꾸는날개
등   록 2011년 4월 26일 제311-2011-26호
주   소 서울 은평구 진관4로 48-17
전   화 0505-719-7335
팩   스 0505-719-7336
이메일 ggumnalgae@naver.com
ISBN 978-89-97797-13-4 (03810)

— 이 책의 판권은 지은이와 꿈꾸는날개 출판사에 있습니다.
— 이 책 내용의 전부 또는 일부를 재사용하려면 반드시 양측의 서면 동의를 받아야 합니다.
— 책값은 뒤표지에 표시되어 있습니다.
- 잘못된 책은 교환해 드립니다.